빛-언어 깃-언어

빛-언어 깃-언어

펴낸날 2024년 5월 20일

지은이 정현종
펴낸이 이광호
주간 이근혜
편집 김필균 유하은 이주이 허단 윤소진
마케팅 이가은 최지애 허황 남미리 맹정현
제작 강병석
펴낸곳 ㈜문학과지성사
등록번호 제1993-000098호
주소 04034 서울 마포구 잔다리로7길 18(서교동 377-20)
전화 02) 338-7224
팩스 02) 323-4180(편집) / 02) 338-7221(영업)
대표메일 moonji@moonji.com
저작권 문의 copyright@moonji.com
홈페이지 www.moonji.com

© 정현종, 2024. Printed in Seoul, Korea

ISBN 978-89-320-4281-7 03810

빛
-
언어
깃
-
언어

정현종 산문집

문학과지성사

일러두기

1. 본문에 인용한 외국 시와 저술에서 출처와 옮긴이를 밝히지 않은 것은 집필 당시 지은이가 읽은 영문판 도서를 바탕으로 지은이가 직접 옮긴 것이다.

2. 본문에 인용한 지은이의 시는 『정현종 시전집』 1·2(문학과지성사, 1999)를 따랐다.

3. 본문에 언급된 인명은 국립국어원 외래어 표기법(문화체육관광부 고시 제2017-14호)을 따랐으나, 실제 발음과 차이가 있는 경우 실제 발음에 가깝게 표기하였다. 예) 자라투스트라 → 차라투스트라, 이그나시오 샌체즈 → 이그나시오 산체스 등

책머리에

"음미되지 않는 삶은 가치가 없다"(소크라테스)라는 말이 참으로 옳은 말이라고 한다면, 여기 실려 있는 글들에서, 많이 부족한 대로, 삶에 대한 무슨 '음미'의 흔적을 발견할 수 있다면 얼마나 다행이랴.

2015년에 낸 『날아라 버스야』라는 책을 제목을 바꿔 다시 낸다.

2024년 봄
정현종

차례

2부 추락이여, 안녕

3부 빛-언어 깃-언어

1부 현재를 기다린다

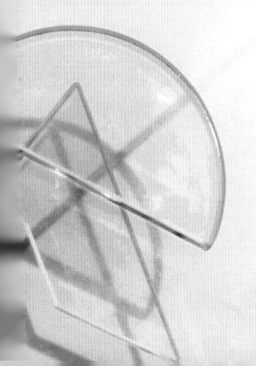

재떨이, 대지의 이미지

꽁초와 재가 인간의 의지와 야심의
찌꺼기이며 폐허라고 한다면, 그
폐허가 아직 담겨 있을 그릇이
우리에게는 필요하다.

내가 재떨이에 대해서 아주 따뜻하고 거의 은밀한 애정을 느끼기 시작한 것은 담배를 피우기 시작했을 때부터이다. 별생각이나 느낌 없이 바라보면 재떨이도 그냥 일종의 그릇에 지나지 않지만, 나에게 재떨이란 분명히 나의 성장과 관계가 있는데, 사실 우리가 자라난다는 것은 처음 어떤 물건들을 사용할 수 있게 된다는 것을 뜻하기도 한다.

가령 어린이들의 완구는 실용적인 것이 아니라 문자 그대로 장난감이다. 그들은 나무토막으로 집을 지으면서 굴뚝을 만들고 문을 내고 방들을 꾸미지만, 그것은 실제로 살 수 있는 집이 못 된다. 그러나 다른 관점에서 보면, 그 장난감 집이야말로 그들이 지금(!) 살고 있는 집이다.

어린이들에게는 그들의 부모가 만들어놓은 집보다 장난감

집이 오히려 한결 더 '실감 나는' 생활공간이다. 잘 이해할 수 없는 어른들의 집과 그 속의 여러 물건에 비해 장난감 집과 도구들은 아주 잘 알고 있으며, 그래서 그들은 스스로 만든 또 다른 집 속에서 산다. 그리고 이 '집 속의 집'은 그들이 장차 부모의 집을 떠나 그들 자신의 생활공간을 만들 수 있다는 것, 즉 기왕 있었던 공간으로부터 탈출하거나 그것들을 변화시킬 수 있다는 것을 뜻한다. 그러니까 그 집 속의 집은 그들의 미래, 즉 그들의 가능성과 연결될 수 있는 것이다. 집뿐만 아니라 장난감 자동차, 비행기, 기선, 총 같은 것들도 마찬가지다.

그러나 자라나면서 아이들은 어른들의 물건을 이해하게 되고, 그것들과 친해지면서 어른들이 사용하는 방식대로 그것들을 사용할 줄 알게 된다. 그리고 성년이 되면 물건들을 어른처럼 사용하는 일이 허용된다.

내가 처음으로 담뱃불을 끈 재떨이에 대해 각별한 친근감을 느꼈던 것도 말하자면 나의 성년 됨과 관계가 있는 것 같다. 내가 담배에 대해 참을 수 없는 호기심을 느껴 아버지 담배를 몰래 훔쳐 피워본 것은 중학교 2학년 때라고 기억되는데, 그때 나는 몇 모금을 맹렬히 빨아들인 뒤 머리가 핑 돌아 그 자리에 드러누워버렸다. 그렇게 혼이 난 뒤 정말 담배를 피우기 시작한 것은 대학교 2학년 때인가 싶은데, 그때부터 나는 재떨이를 내 방에 공공연히 놓아둘 수 있었고, 그 속에 담배꽁초를 남겨놓을 수 있게 된 셈이었다. 지금 생각하면, 성인이 되면서 몸에 해로운 담배를 피우게 되는 것이니, 사람이 자란다는 것, 또는 어른이 된다는 것은 자기 자신과 남에게 해로운 짓을 할 수 있게 된다는 것을 뜻하는 듯싶기도 하다……

　내가 재떨이를 좋아하고 그것에 각별한 친근감을 느끼는 이유는, 언제부턴가 나도 모르는 사이에 그것을 신성한 그릇으로 생각하고 있었기 때문인 것 같다. 그리고 그동안 나는 왜 내가 재떨이를 신성한 물건으로 여기고 있을까에 대해 잠깐씩 생각해보곤 했다. 그 이유는 별것 아닌 재떨이의 기능, 바로 그것이었다. 즉 우리가 그 속에 재를 떨고 꽁초를 버린다는 사실 말이다. 아니 재떨이는 우리의 담뱃재와 꽁초를 그 속에 담을 수 있도록 '용납'한다고 말하는 것이 내 의도에 더욱 적합하다. 그러면 재와 꽁초를 용납한다는 사실이 왜 재떨이를 신성한 그릇으로 만드는가. 그것은 우선 사람들이 담배를 피우는 이유 및 그 의미 들과 관련이 있다. 담배가 탄 뒤의 재와 꽁초는 마치 허물어진 파르테논신전에 서 있는 돌기둥들처럼 인간의 야심과 의지와 상상력의 폐허이다. 담배를 피우는 동안, 즉 담배가 불타 재가 되는 동안, 사람들의 불안, 초조, 망설임, 욕망, 좌절, 우울, 흥분, 분노, 도피, 무력, 게으름, 결단, 공격성 등의 복합으로 이루어진 심리 상태도 불타 조금씩 재가 되는 것이기 때문이다.

　담배를 불태워 재로 만들다가 사람들은 결국 자신의 몸이 불타 땅에 묻힐 것이다.

　　　　　　　　　　　재떨이, 대지의 이미지

재떨이는 그리하여 대지의 이미지를 갖고 있다. 내가 시카고에서, 유치하게도, 지구상의 가장 높은 빌딩이었던 시어스 타워(지금의 윌리스 타워) 꼭대기에 올라갔다가 구리로 만든 작은 재떨이를 하나 사가지고 내려온 것도 재떨이가 가지고 있는 땅의 이미지 때문이었는지도 모른다. 나는 그걸 사다 놓고 한동안 재를 떨지 못하고 바라보기만 했고, 내가 바라보면 그것도 완전한 고요 속에서 나를 바라보았다. 그것은 표정이 있었고 따뜻했고 그리하여 살아 있었고 기다리고 있었다.

그런데 재떨이가 더 인간화되는 것은, 당연한 일이지만, 그속에 재와 담배꽁초가 담겨 있을 때이다. 그럴 때는 재떨이 자체보다도 거기 담겨 있는 재와 담배꽁초들이 눈에 들어온다. 재는 모든 소리가 무너진 뒤의 모습—정적의 한가운데로서 거기 있다. 그 재로부터 나는 인간의 여러 소리의 할아버지의 할아버지의 할아버지인 절대 고요를 듣는다.

그리고 그 담배꽁초들! 서로 머리를 맞대고, 마치 추운 겨울날 작은 새들이 서로 깃을 맞대고 비비듯, 서로 고개를 틀어박거나 안고 누워 있듯, 모여 있는 사랑스러운 꽁초들. 쓸쓸하고도 사랑스러운, 불타고 난 의지의 폐허.

나는 한때 재떨이를 즉시즉시 비우는 걸 무척 싫어했다. 그래서 가능한 한 많은 재와 담배꽁초가 거기 쌓이기를 기다렸다. 그렇게 쌓아놓은 채 외출을 했다가 돌아오면 무엇보다도 먼저 재떨이의 꽁초들이 나를 맞이했다. 그때 나는 아마 얼마전과 다름없이 그대로 담겨 있는 그 꽁초들을 통해 자기 존재의 지속성을 확인했는지도 모른다.

혹은 깊은 원시의 산중에서 불타다 남은 숯덩이나 나뭇조각들이 재 속에 있는 걸 발견했을 때처럼, 그 꽁초들이 몇 시간 전의 자기였다는 걸 순간적으로 잊고, 여기 사람이 있었구나 하고 반기며 친근감을 느꼈는지도 모를 일이다.

바라보는 일은 그것 자체로 완전한 행동이다. 그리고 마음의 평정 속에서 바라보는 일은 가장 아름다운 일 중 하나이다. 바라보는 대상이 무엇이든 상관없다. 우리가 만일 빈 재떨이를 바라보는 법을 알고 있다면 담배를 피우지 않아도 되고, 재떨이를 꽁초로 메우지 않아도 되는지 모른다. 빈 재떨이를 바라보고, 보면서 거기 몰입할 수 있다면 그 빈 재떨이는 바라보는 자에게 거의 모든 것을 알려주는지도 모른다. 그건 가능한 일이다.

그러나 우리는 빈 재떨이를 바라볼 줄 모르기 때문에 담배를 계속 피우지 않을 수 없고, 재떨이는 비어 있을 사이가 없게 된다. 나는 빈 재떨이를 바라보는 일도 좋아하지만, 그러나 그 속에 있는 재와 꽁초에 대해서도 커다란 애정을 느낀다. 그것은 인간의 여러 가지 습관과 약점에 대한 연민인지도 모른다. 그러나 나는 이즈음 사람들이 빈 재떨이를 바라볼 수 있으면 하고 바라고 있다. 담배를 피운다는 것은 퍽 공격적인 일일 수도 있기 때문이다.

　　　　　　　　　　　재떨이, 대지의 이미지

재떨이는 흔히 마주 바라보고 있는 사람들 사이에, 그 중간에 놓여 있다. 사람들의 손은 그 재떨이에 재를 떨려고 들락날락한다. 그리고 주고받는 말의 부스러기처럼 의식의 파편처럼 재와 꽁초는 거기 쌓여간다. 재떨이는 이야기하는 사람들이 담배를 비벼 끄고 꽁초가 던져질 때마다 자신이 짊어져야 할 짐의 중량이 늘어가고 있음을 느낀다. 그렇게 자기의 용량 속에서 견디는 것이다. 그도 그럴 것이 사람들은 그들의 용량과 한계 때문에 다른 그릇을 필요로 하기 일쑤다.

그리하여 빈 재떨이를 가능한 한 오래 바라볼 수 있다는 것은 바라보는 자의 마음이 그만큼 가볍다는 것을 뜻한다. 우리가 때때로 빈 재떨이를 바라볼 수 있기를 내가 바라는 까닭도 그런 데 있다.

나는 재떨이 중에서도 목제를 제일 좋아하고, 면적이 될 수 있는 대로 넓은 것을 좋아한다. 넓고 클수록 그 속에 담긴 재와 꽁초들이 상대적으로 작게 보이며 멀리 보이기 때문이다. 그것들이 멀고 작게 보일 때 그것은 하나의 풍경으로 내 앞에 열려 있게 된다. 그리고 나무는 쇠나 돌에 비해 한결 따뜻하고, 그래서 그 속에 담기는 것에 대해 반발하지 않고 다소곳이 받아들여 품는다.

모든 그릇은 그 속에 담긴 것들이 버려진 것이 아니게 한다. 즉 어떤 것이 그릇에 담겨 있을 때, 그것이 가령 과일 껍질이라고 하더라도, 그것은 아직 버려졌다고 말할 수 없다. 담배꽁초가 길에 버려져 있을 때 그것은 쓰레기이며 보기 싫고 더러워 보인다. 그러나 그것이 아직 재떨이 속에 담겨 있을 때는 인간과 그의 소유에 연결되어 있다. 꽁초와 재가 인간의 의지와 야심의 찌꺼기이며 폐허라고 한다면, 그 폐허가 아직 담겨 있을 그릇이 우리에게는 필요하다. 인간의 의지란 어떤 면에서 부서진 의지들을 어떻게 간직하고 담아두느냐에 따라 새롭게 유지되고 충전되는 것이기 때문이다.

그런데 우리의 손이 때때로 재떨이 역할을 할 수 있음을 나는 알고 있다. 언젠가 선배 한 분이 재떨이가 없어서 기다란 담뱃재를 위로 향한 채 재 떨 데를 찾고 있을 때, 나는 장난스럽게 손을 오므려서 "여기 떠시죠" 하고 말했다. 그분도 역시 장난스럽게 재를 내 손에 떨었다. 나는 내 손안에 든 재를, 마치 성당에서 성회수요일(聖灰水曜日)에 하듯이 그의 머리 위에 뿌렸다. 그리고 주문(呪文)에 해당할, 알아듣지 못할 소리를 웅얼웅얼 읊었다.

―내 손이 인간 행동의 재를, 의지의 폐허를 담는 그릇이 되게 하소서.

[1976]

재떨이, 대지의 이미지

5분짜리 추억 두 컷

조금 더 젊었던 시절의 나는,
말하자면 감동과 신비감이라는 공간
속에서 살았다고 할 수 있다.

흘러간 시간 속의 삽화를 약 5분짜리 필름에 담아보려고 하면서 나는 내 속에서 소리 없이, 무슨 아지랑이처럼 피어오르는 일종의 격앙을 본다. 마음속에서 일어나는 이 움직임은 무엇일까. 이것은, 마치 공간적으로 먼 곳이 우리에게 이국정조를 갖게 하듯이, 지금으로부터 먼 흘러간 시간이 가져다주는 이국정조가 아닌가 한다. 그렇다면 이것을 시간(추억)의 이국정조라고 불러도 좋을 것이다.

어떻든 지금보다 조금 더 젊었던 시절의 나는, 말하자면 감동과 신비감이라는 공간 속에서 살았다고 할 수 있다. 그것이 어느 나라의 신화이든, 아니면 한 폭의 풍경이든, 내가 마주치는 것들에 대해 대체로 감동과 신비감을 느꼈던 것이다. 이런 버릇은 지금도 제법 갖고 있는 것으로 짐작되고, 그래서 현실

적으로 손해 보는 경우가 있는 게 아닌가 하는 용렬한 의구심
도 없지 않은 듯한데, 어떻든 어느 정도였나 하면 선생님들은
소변도 안 보시고, 가령 하품 같은 것도 안 하시는 걸로 믿어 의
심치 않았다. 물론 선생님이 하품을 하느냐 안 하느냐 따위에
대해서 아주 열심히 생각해보지는 않았을 것이다. 그러나 대학
1학년 때 내가 겪은 심리적 변화라고 할까, 또 하나의 감동적
광경을 생각하면 조금도 과장이 아니다. 그것은 무슨 파노라마
도 아니고 대단히 볼만한 것도 아니며, 사람의 생리적 변화를
보여주는 한 컷의 표정일 따름이다.

나는 대학에 막 들어가서 문과대학 복도를 얼떨떨하게 왔다
갔다 하고 있었다. 그러다가 문이 열려 있는 교수 휴게실 앞을
지나가게 되었는데, 그때 교수 한 분이 하품을 하고 계신 걸 보
았다. 내 기억이 정확하다면—그리고 돌아가신 분에게 무슨
누를 끼치는 일이 아니라고 생각되므로—그분은 한국사학자
이신 고(故) 홍이섭 선생이었다. 그 하품은 있는 마음 다 놓고
전폭적으로 하시는 하품이었고 그래서 아주 맛있어 보이는 하
품이었다. 나는 그 하품에 감동했던 것이다(이 하품에 대한 감
동을 분석하고 해석하는 일은 독자의 몫으로 남겨두려고 하는
데, 다만 한 가지만 덧붙인다면, 나 자신도 하품을 잘하기 때문
에 감동한 것이 아닌가 한다).

또 하나는 6·25가 준 선물인데, 전화(戰禍)가 전국을 휩쓸고
난 뒤인 소위 9·28 서울 수복 때이다. 초등학교 5학년이었던 나

는 봉일천에서 북진하는 국군 부대의 군인들과 지낼 기회가 있었는데, 어느 여름날 밤이었다. 우리는 비교적 큰 냇가로 목욕을 하러 나갔다. 달이 아주 밝았다. 모래사장에는 시체들이 묻힌 모래 무덤들이 즐비했고, 살은 이미 썩어서 뼈가 여기저기 뒹굴고 있었다. 우리는 모두 벌거벗었다. 그러고는 각자 뼈를 하나씩 주워 들고 아프리카 원주민의 그것과도 같은, 알아들을 수 없는 소리를 지르며 춤을 췄다. 어떤 사람은 팔뚝 뼈를, 또 어떤 사람은 해골을 나뭇가지에 꿰어 들고 췄다. 나는 막대기에 해골을 꿰어 들고 그들과 더불어 소리 지르고 춤췄다.

아주 선명하다. 때는 여름밤. 아주 밝고 물기 있는 달빛. 벌거숭이 남자들. 손에는 사람의 뼈와 해골. 기성(奇聲)과 춤. 다시 천하 달빛의 조명! 이 달빛 때문이었겠지만, 그 기괴한 굿 장면이 지금도 아주 선명하다. 거의 낭만적으로(!) 느껴질 정도로.

1965년 이후 나는 시라는 것을 쓰고 있는데, 아마 내 육체 속에는 저 감동적인 하품이 들어 있을 뿐만 아니라 그 냇가의 달빛과, 그것이 그 물기 있고 고요하고 환하고 흐릿한 빛 속에 빨아들이고 있었던 기성과, 사람과 세상의 일에 대한 오리무중의 신비감이 만든 그리움(또는 그리움이 만든 신비감) 따위들이, 다른 여러 가지와 더불어 뒤범벅이 되어 들어 있을 것이다.

[1979]

호박꽃등

어둠 속에서 반짝이는 발광체 중에
어떤 게 개똥벌레이고 어떤 게
아이들의 눈동자인지 분간이 가지
않는다. 가난했지만 그렇게 꿈과 같은
충일의 때도 있었던 것이다.

　시골서 살아보지 않은 분들에겐 생소한 이름이겠지만, 내가
어렸을 때 논두렁에서 캐 먹던 '메'라는 게 있다. 주로 초여름부
터 눈에 띄었는데 논두렁 흙 무너진 데 저절로 하얗게 드러나
거나 일부러 흙을 떼어내면 거기 또 하얗게 드러나곤 했다. 고
구마 줄기만 한 굵기로 뻗어 있고, 맛은 달콤하다기보다는 들
큰하면서 기막힌 흙 향기 비슷한 향미로 입안을 가득 채우고,
씹으면 아삭아삭 소리가 나는 그러한 물건이었다.

　논두렁을 걸어가다가 눈에 띄면 캐 먹기도 하고 일부러 캐
먹으러 나갔던 것 같기도 한데, 거무스름한 흙 속에 박혀 있어
서 더 그랬겠지만 그 빛깔이 하도 희어서 눈에 번쩍 띄었고, 그
게 눈에 띄는 순간 금광에서 금맥을 발견한 것과도 같은 즐거

움을 느끼곤 했다.

아닌 게 아니라 지금 그 메를 몽상 속에서 바라보고 있으니 그 메는 원빛깔보다 한결 더 희다 못해 땅속에 들어 있는 무슨 불빛 같고, 그 불빛은 지금 내 마음을 참으로 환하게 밝혀주고 있다. 어떤 식으로 환하게 하느냐 하면, 그 환함이 무한히 퍼져 나가고 팽창해서 우주적 공간이 되는, 비길 데 없는 서늘함 속으로 내 안팎을 온통 열어놓는다. 시간의 계기적 진행의 질곡도, 공간의 뛰어넘기 어려운 벽들도 푸른 공기 속에 향기 녹듯이 녹고, 사물 사이의 경계가 한껏 지워지는 서늘한 공간. 이것이 그 가늘고 군데군데 눈이 있으며 하얀 메의 추억과 몽상이 열어놓은 공간이다.

이러한 체험은 몇 해 전 서울 한복판을 걸어갈 때 느닷없이 코에 확 끼쳐 오던 까마중 냄새를 통해서도 겪은 바 있다. 까마중도 내가 경기도 고양군(지금의 고양시) 화전에 살 때 아이들과 더불어 입이 시커메지도록 따 먹은 야생의 콩알만 한 까만 열매인데, 서울 한복판에서 느닷없이 까마중 냄새라니! 그때 나는 웃는다기보다도 얼굴이 빙그레 웃음에 녹고 있었던 걸 기억한다. 하여간 최근 느닷없이 어린 시절의 메 생각이 났을 때 나는 다시 태어나는 사람처럼 탄성을 지르며 옆에 있는 사람한테 그걸 환기시키면서, 메가 있는 데와 모습과 맛을 하나하나 더듬어 그려보았던 것이다. 그때 우리 시골 애들은 그 메를 흙이 더러 묻은 채 먹었고, 또 우리 어머니들은 그걸 캐다가 더러는 뜸 들 무렵 밥 위에다 얹어 슬쩍 익혀서 먹기도 했다.

옛날의 논두렁을 왔다 갔다 하다 보니까 또 생각나는 것은 한여름부터 벼가 익을 때까지 논에서 수없이 뛰고 날던 메뚜기들이다. 지금은 농약 때문에 다 없어졌다고 하지만 그때는 논에 메뚜기 천지였는데, 아이들은 그놈들을 잡아다가 구워 먹었다. 한 마리 한 마리 잡은 걸 지금은 이름을 잊어버린 무슨 풀줄기에 꿰어 여러 꾸러미를 만든 뒤 들에서 피우는 불이나 아궁이 불에 구워 먹었는데, 지금까지도 혹시 그 덕을 보고 있는 게 아닌지 모르겠다. 사실 사람이 힘을 내는 것은 다 남의 살 덕분이고, 그러니 사람의 살이란 게 다름 아니라 두루 남의 살로 이루어져 있다고 해도 좋다. 윤회전생(輪廻轉生)이란 그러니까 만물의 구성 원리에 다름 아니다.

이렇게 메 캐 먹고 메뚜기 잡아먹으면서(하기야 캐 먹고 잡아먹은 게 어디 그것들뿐이랴) 하루해가 가고 어두워지면 아슬아슬하게 재미있는 숨바꼭질이 시작되거나 개똥벌레에 홀려 논두렁, 밭두렁을 헤매고 다녔다. 어둠 속에 여기저기서 반짝이는 개똥벌레를 잡으러 뛰어다니는 아이들의 그 몰두와 집착은 문자 그대로 홀린 모습 그대로였는데, 지금 또 그 광경을 몽상해 보면 어둠 속에서 반짝이는 발광체 중에 어떤 게 개똥벌레이고 어떤 게 아이들의 눈동자인지 분간이 가지 않는다. 가난했지만 그렇게 꿈과 같은 충일의 때도 있었던 것이다.

개똥벌레 꼬리 끝에 붙어 있는 발광기를 자르면 그 잘린 부분이 손가락에 붙어서 또 빛을 내고, 그걸 떼려고 다른 손으로 문지르면 그 손에도 옮겨 가 또 번쩍였는데, 우리는 잡은 개똥 벌레를 호박꽃 속에 넣고 꽃 윗부분을 오므려 닫아 바알간 호 박꽃등을 만들어 들고 다니곤 했다. 이제 와 떠올리니 오히려 더 잘 보이는 그 어둠 속의 바알간 호박꽃등들⋯⋯

우리 일생의 시공(時空) 중에서 어린 시절의 시공만큼 넘치 는 시공이 없다는 거야 말할 것도 없는 노릇이지만, 어린 시절 을 꿈꾸듯 회상하는 동안이란 다름 아니라 회생(回生)의 시간 이며, 우리를 유례없는 서늘한 공간으로 풀어놓음으로써 생의 감각을 원천적으로 회복게 하는 신묘한 시간이다.

메여, 까마중이여, 개똥벌레여, 호박꽃등이여.

[1980]

대학 시절

이미 지나간 시절에 관해, 마치 지금
나의 미래를 얘기하듯 얘기해본다는
것은 또 얼마나 신나는 일인가!

생각해보면 우리는 참 여러 번 태어난다고 할 수 있다. 더 거슬러 올라가지 않는다면, 우리를 낳은 이는 우선 어머니이지만, 그다음에 우리를 낳은 것은 학교라고 할 만하다. 그래서 우리는 자기가 나온 학교를 모교라고 부른다. 이 세상에 살면서 각별히 친근감을 느끼는 장소나 공간을 갖고 있다는 것은 상당히 아늑한 즐거움이 아닐 수 없다. 모교 중에서도 특히 대학이 그런 공간이다.

대학 시절은, 어린 시절부터 계속되어온 '현상학적' 시절이 가장 힘차게 끝나가는 때라고 할 수 있다. 다시 말해서 사물의 이름을 처음 익히고, 익히는 것마다 새롭고 신기했던 어린 시절 이래의 여러 경이가 쌓이고 모여서 호수를 이룬 모양이 대학 시절이라고 할 수 있는바, 이 시절을 현상학적 시절이 가장 힘차게 끝나가는 때라고 하는 것은, 인생의 단계에서 대학 시절이 갖고 있는 불가피한 순진성과 정직성 때문이다. 말하자면 대학 시절은 무슨 양보할 수 없는 전제나 선입견 없이, 그리고 편견으로부터도 한결 자유로운 상태에서 대상을 있는 그대로 바라볼 수 있는 시절이다. 그리하여 젊은이들은 자신들의 새로운 탄생을 체험하며, 따라서 그들은 새로운 세계를 향해서 열려 있는 문이 된다. 이것이 '미래는 젊은이의 것'이라는 말의 참뜻이며, 대학 시절을 시적(詩的)인 시대라고 하는 연유이다.

그래서 대학 시절에 이르러 그들은 비로소 '의식적으로 꿈꾸게' 된다. 즉 맑은 정신으로 꿈꾼다. 물론 미래란 아직 오지 않은 것이기 때문에 꿈꾸는 사람에게 때때로 불안감이나 좌절감 같은 것을 안겨주기도 하겠지만 불안, 좌절, 불확실성 같은 것들은 가능성의 다른 이름일 따름이다. 다만 대학 시절에는 순진하면 할수록 그 사람은 부자라고 할 수 있고, 정직하면 할수록 그는 진실과 만날 기회가 많아진다고 할 수 있다. 사실 나는 대학 시절의 그 불가피한 순진성을 생각하면 지금까지도 주책없이 가슴이 뿌듯해지곤 한다. 이미 지나간 시절에 관해, 마치 지금 나의 미래를 얘기하듯 얘기해본다는 것은 또 얼마나 신나는 일인가!

나는 이 글을 쓰기 위해 며칠 전 토요일 오후에 모교 캠퍼스를 걸어보았다. 건물들과 나무들과 그것들을 감싸고 있는 공기는 여지없이 내 기억의 앙금을 자극해 피어오르게 했다. 그것들은 프루스트의 저 유명한 마들렌 과자였고, 나에게 친근한 예를 들자면, 혀에 닿자마자 어머니를 떠오르게 하는 특히 맛있는 김장 김치와 같은 것이었다.

숲길에서 새소리를 듣는다. 새소리를 듣자마자 내 눈은 초점을 잃는다. 이런 체험은 우리에게 아주 친숙한 것이다. 하염없다는 건 말하자면 이런 걸 두고 하는 말이다. 숲속에서 들은 새소리는 그러니까 내 기억이 닿을 수 있는 캠퍼스의 시공을 빈틈없이 채우는 소리였고, 그 소리를 듣자마자 초점이 흐려진 내 눈은 역시 내 기억의 시공을 바라보는 눈이었다.

그때 이 숲에서 나는 돌 하나를 던졌다. 숲 위쪽에서 던진 돌은 저 아래 어디엔가 떨어졌다. 돌이 떨어지는 소리를 듣는 순간 지구 무게만 한 어떤 느낌이 마치 지진처럼 내 속으로 지나갔다. 즉 내가 방금 던진 돌, 나에 의해 여기서 저기로 옮겨진 돌로 우주의 균형이 달라졌다는 느낌이 그것이었다. 내가 던진 돌 하나가 우주의 균형을 바꾼다!

만일 대학 시절에 내가 한 일이 있다면 그것은 그때 그 돌을 던진 일이며, 그리고 그때 돌 떨어지는 소리가 거의 신비로울 정도로 내 귀를 '깊이' 열어준 일은 분명히 가장 깊은 내적 체험 중의 하나이다. 그래서 지금도 나는 내 마음속에서 그 돌 떨어지는 소리를 계속 듣고 있다. 내 육체 자체가 땅속에 떨어질 때까지 나는 그 소리를 계속 들으리라.

나는 숲에서 내려온다. 축제 준비가 화려하고 뜨끈뜨끈하다. 저 현수막들과 벽보들은 그들의 정열의 모습이요, 갈증의 표현일 것이다.

대학 시절 우리의 표정은 아무래도 좋다. 웃고 있어도 좋고 심각해도 좋으며 조금 허술해도 좋다. 블루진을 입어도 좋고 물들인 군복을 입어도 좋으며 신사복을 입어도 좋고 미니스커트를 입어도 좋다. 잔디 위에 눕거나 벤치에 앉거나, 둘이 있거나 셋이 있거나, 기타를 치거나 노래를 부르거나 책을 읽거나 아무래도 좋다. 가능성을 향해, 미래를 향해, 새로운 세계를 향해 그들의 표정이 열려 있기 때문에 아무래도 좋은 것이다.

아마 신나는 일보다 김새는 일이, 기쁜 일보다 슬픈 일이 더 많을지도 모르고, 또 우리의 열망과 꿈이 정당한 것이면 정당한 것일수록 스며드는 아픔도 클 것이다. 그러나 우리에게는 축하하고 축복해야 할 때도 있으며 그러한 축하로 우리의 삶이 증진된다는 것도 알고 있다.

그렇다고는 하더라도 그대들 그 머리카락들은 잘 있는지, 머리카락 밑의 생각들도 잘 있고, 여전히 겁 때문에 겁주는 것에 매달리지 않아도 되는 심장들도 잘 있는지, 총 메고 서 있는 들꽃들처럼, 무겁기도 할 마음들은 가벼워지는 법을 생각하며 잘 있는지, 선생님들도 안녕하시고 꿈의 촉광(燭光)도 아직 밝은지, 무엇보다도 그 머리카락들은 다 잘 있는지……

[1978]

날자, 우울한 영혼이여

나는 이제 벌거숭이의 투명함이
내뿜는 빛에 싸여, 상승과 비상의
이미지로서의 육체인 듯 영원히
움직이지 않을 것처럼 움직이고
있었다.

　인간의 역사를 낳으시고, 이 이상하게 찬란한 발전을 있게
하신 위대한 모태 중의 하나인 우리의 권태——조직화되고 집
단적이며 머리도 심장도 없이 쇳덩어리처럼 강력한 그 권태로
부터 도망치기 위해 나는 어느 날 신었던 구두를 벗어놓고 맨
발로 흙을 밟았다. 걸어가면서 풀도 밟았다. 나는 느꼈다, 흙과
풀은 제 살을 베어 먹이듯 나를 맞이했고, 은밀히 나를 껴안았
고, 나를 높은 데로 탕탕 밀어 올렸다![영원한 여성성(性)이 우
리를 높은 데로!] 상상할 수 있겠는가. 나는 떠올랐다. 가벼운
에테르처럼 날아올라 바람처럼 높이 솟으면서, 흙과 풀이 나를
바라보고 있는 동안 나는 춤추듯 하나씩 하나씩 옷을 벗었다.
손에 들고 있던 책 『차라투스트라는 이렇게 말했다』도 『파리의

우울』도, 모두 날개를 허용하는 저 깊은 천공(天空) 푸른 공기의 흔들리는 선반 위에 내려놓았다. 나는 인제 벌거숭이의 투명함이 내뿜는 빛에 싸여, 상승과 비상의 이미지로서의 육체인 듯 영원히 움직이지 않을 것처럼 움직이고 있었다.

그때 니체의 차라투스트라가 우레와 폭풍의 내부처럼 조용히 소리쳤다.

> 그러나 이것이 나의 가르침이다. 즉 어느 날 나는 걸 배우고 싶은 사람은 먼저 서고, 걷고, 뛰고, 기어오르고, 춤추는 것부터 배우지 않으면 안 된다──그대는 낢에 의해 나는 걸 배울 수는 없다.

그런데 "서고, 걷고, 뛰고, 기어오르고, 춤추는 것"은 무엇인가. 그것은 모두 우리 육체의 움직임을 가리키지만, 또한 우리 정신의 단계들을 말한다. 육체의 움직임이 정신의 움직임에 항상 영향을 주듯이, 육체가 움직이기 위해서는, 팔을 뻗고 다리를 놀리기 위한 외적 공간을 얻기 위해서는 정신의 가벼운 신선함과 의식의 흐르는 물과 같은 유연성이 필요하다. 그러나 대부분의 사람들은 살기가 어렵다고 말하며, '이 땅과 삶이 무겁다'고 '어려움'과 '무거움'의 노예가 되어 아래로 아래로 무겁게 몰락한다. 삶의 어려움과 무거움으로부터 벗어나기 위해 그들은 몰락하는 것이다.

차라투스트라는 말한다.

그대는 멍에를 벗어 '나야' 하는 그런 사람인가? 세상에는 그들의 굴레를 벗어던질 때 그들의 마지막 가치를 벗어던지는 셈이 되는 그런 사람이 많다. 무엇으로부터의 자유인가? 차라투스트라는 그런 것에 관심 없다! 그러나 그대의 눈은 분명히 나에게 말해야 하리라, 무엇을 '위한' 자유인가를──

살기가 어렵고 무겁다면 그것은 삶 자체 때문이라기보다 우리가 주장하고 귀중히 여겨마지않는 가치들이 무엇을 위해 주장되고 소유되어야 하는가에 대해 자신에게 항상 대답할 수 있어야 하기 때문일 것이다. 그리고 그 물음은 흔히 자신의 탐욕과 어리석음의 팽창과 확대를 제어하는 것이기 때문에 퍽 힘들고 때로는 귀찮은 것이다. 그러나 니체가 얘기하고 있듯이 "나는 네가 나에게 잘못을 저지르는 것을 용서할 수 있지만, 네가너 자신에게 잘못하는 것을 용서할 수 없는" 것이다.

나는 나를 밀어 올린 그 땅을 내려다보았다. 땅은 인간들을 밑으로 끌어 내리고 무덤을 파게 하는 인력의 법칙만을 갖고 있는 게 아니라 흙이나 풀이나 혹은 별 등 '자연의 음악적인 사고'를 듣고 기쁨 속에 화창(和唱)할 수 있을 때 어떤 영혼을 튕겨 올리는 탄력도 갖고 있다. 그러고 나서 우리는 그 탄력 위에 '다시' 내려설 수 있고 걸어갈 수 있다. 아, 그러나 우리는 얼마나 자주, 얼마나 오랫동안 이 땅 위를 춤추듯 걸어갈 수 있을 것

날자, 우울한 영혼이여

인가.

　무엇보다도 나에게는 모든 국가가 낯설다. 그리고 그 낯섦을 넘어서는 노력만이 나에겐 친근하다. 그 노력 속에는 우리에게 필요한 최소한의 행복의 이미지가 들어 있기 때문이다. 그러나 내 의지의 풀무에 감긴 고무벨트는 왜 항상 팽팽할 수 없는가. 몸이 움직이기 시작하고 전망이 트일 때까지 나는 왜 이따금 어리석기 짝이 없도록 많은 힘을 소모하는가.

　나는 나의 낯선 나라들 중 한 나라의 어느 날 아침을 기억한다. 한 아파트 방에서 눈을 뜨자 우선 방의 내벽(內壁)들이 철통 같은 자세로 서서 아침 인사를 했다. 벽은 아주 낯설었으므로 나는 그 벽에 '이르기' 위해 두 눈을 더 크게 열고 나의 눈과 벽 사이를 채우고 있는 공기를 자세히 들여다보기 시작했다.

　그리고 나는 농부들이 밭을 갈듯이 공기를 갈기 시작했다. 드디어 희미한 빛이 공기의 이랑 사이로 비쳐 들기 시작하더니 의지와 희망이라는 이름의 씨앗들이 반짝이는 것 같았다. 나는 일어나서 부엌으로 갔고 목이 말랐으므로 냉장고 문을 열었다. 거기엔 과일과 물고기 몇 마리와 한 근 정도의 쇠고기가 들어 있었다. 그러자 과일을 통해서 과수원이, 물고기를 통해서 바다가, 그리고 쇠고기를 통해서 푸른 목장이 보이기 시작했다. 나는 생각했다.

　'벽을 무너뜨리는 것은 쇠고기다'

　또는,

'바다처럼 넓은 전망을 주는 것은 먹을 수 있는 생선이다'

또는,

'우리에게 씹을 과일이 있다면 왜 돌을 던지겠는가'.

그렇다고 하더라도 사과를 먹지 않고 '그린', 혹은 먹었거나 먹을 수 있는 사과의 이쪽에서 그것을 바라보며 그것을 '그린' 예술가들.

나는 주스를 한 잔 마시고 다시 방으로 돌아왔다. 어떤 사람은 "인간의 모든 악은 그가 그의 방에 머무를 능력이 없는 데서부터 나온다"고 말했고 오르테가 이 가세트는 자기의 '바깥'이나 '옆'이 아니라 '자기의 안에 있기'를 거듭 말하기도 한다. 그러나 나는 늘 내 방으로부터 도망치려 했고, 도망쳤고, 그러다가 때로는 내 방의 저쪽 벽에서 차라투스트라가 "고독이여, 나의 집이여" 하고 벽력처럼 외치는 소리에 변덕스럽게도 두 팔에 날개가 돋아나는 것처럼 느끼기도 했다.

그런데 자기를 여는 일과 꿈꾸는 일, 바깥을 바라보는 일의 저 내적 신선함을 노래하기 위해 『파리의 우울』의 보들레르는 나를 그의 '항구'로 데려갔다.

항구의 삶에서 투쟁으로 지친 영혼을 위해 쾌적한 곳, 하늘의 넓은 공간, 움직이는 구름, 바다의 끊임없이 변하는 색깔들, 등대들의 번쩍이는 빛들이 기쁨을 위해 만드는 놀라운 빛의 프리즘들을 바라보는 일은 아무리 해도 싫지 않다. 길고 가는 선의 배들과 우아하게 파도를 타는 얽히고설킨 삭구(돛·밧줄 등)는 리듬과 아름다움에 대한 맛을 영혼 속에 살아 있게 한다. 그리고 무엇보다도 모든 호기심과 모든 야심을 잃은 사람이 전망대나 방파제에 서서 떠나는 사람, 돌아오는 사람 들의 부산함을 바라보고, 아직도 욕망을 갖기 위해 충분한 힘을 갖고 있는 사람들, 아직도 항해하고 싶어 하는 사람들, 아직도 부자가 되고 싶어 하는 사람들을 바라볼 때 일종의 신비롭고 귀족적인 즐거움을 준다.

우리 마음속의 항구와 그것을 바라보는 눈, 아직도 리듬과 아름다움에 대한 입맛에 있어서 부자가 되고 싶어 하는 눈.

나는 『차라투스트라는 이렇게 말했다』를 대학 초급 학년 때 국역으로 읽고, '읽은 책'으로 치부하고 있었다. 보들레르도 그렇다. 그런데 특히 『차라투스트라는 이렇게 말했다』를 최근에 영어로 다시 읽고는 바야흐로 그 책과 더불어 날아오른 것이다. 그리고 나는 그 책을 우울한 보들레르와 함께 공기의 푸른 선반 위에 놓았다.

우리는 그리하여 배타적으로 날고 있었다.

그때 차라투스트라가 나에게 물었다.

"게으른 시인아, 어찌하여 그대는 나를 이렇게 공중에 끌어올려놓고 있는가?"

나는 대답했다.

"편집자가 나와 한 권의 책이 '얽힌' 이야기를 써달라고 했으

므로. 나는 당신과 나를 날개와 푸른 바람이 얽혀 있듯이 얽기
위해 여기 호젓한 공중 꼭대기로 데려왔다."

[1975]

현재를 기다린다

나는 그리하여 현재가 피어나기를
기다린다. 나는 내일이 아니라
끊임없이 현재를 기다린다.

지금보다 더 젊었던 시절에 나는 우리가 과거라고 부르는 잃어버린 시간에 대한 두 가지의 이미지를 갖고 있었다. 하나는 과거들이 이른 봄의 새들처럼, 아직 끝나지 않은 겨울과 아직 오지 않은 봄 사이의 그 스산한 공간 속에서 깃과 몸을 비비며 모여 있는 것이고, 다른 하나는 '흘러간' 시간이 갖고 있는 매우 신비로운 성성(聖性)이 만드는 것으로서, 가장 환한 햇빛이 넘쳐흐르는 대낮처럼 눈부시고 높고 그리고 고요한 이미지이다.

그러니까 두 개의 이미지라기보다는 사건과 배경, 혹은 시간과 공간이 더불어 어울려 있는 상태라고 할 만하다. 즉, 새들은 아마 사건들이 아닌가 싶고, 밝고 눈부신 공간은 매우 신성하게 준비된 무대장치와도 같은 배경인 듯하다. 다만 그 무대는 인위적인 게 아니라 시간의 흐름 속에서, 즉 사건들이 '흘러간' 시간 속에서 일어났다는 사실이 만들어주는 무대로서, 영혼이 매우 고요한 상태에 이르거나 사랑이라는 이름의 마음의 깊이를 갖게 될 때만 나타나는 내적 풍경일 것이다.

지금 나는 그 이미지들을 이리저리 만져보고 생각해본다. 흘러간 시간이, 혹은 흘러간 시간 속의 사건들이 이른 봄의 새들처럼 깃과 몸을 비비며 모여 있다. 새들처럼, 과거는 살아 있는 것이기 때문이다. 건드리면 언제든지 그 근육을 긴장시키는 생물, 어떤 건 만져보고 싶고 어떤 건 만져보고 싶지 않다는 투의 의도나 욕망과는 일단 관계가 없는 그 흘러간 시간의 근육.

건드리기만 하면 과거의 앙금은 언제나 그 가라앉은 상태로부터 피어오른다. 금방이라도 눈물이 나올 것 같은 눈을 뜨고 있는 과거가 없는 건 아니겠지만, 그러나 과거의 앙금은 '피어' 오르지 않으면 안 된다. 꽃처럼 피어나는 과거, 왜 과거가 꽃처럼 피어나는가. 내가 지금 살아 있기 때문이다. 현재가 피어나기를 내가 바라기 때문이다. 매일매일이 새날이기를 바라기 때문이다. 나는 그리하여 현재가 피어나기를 기다린다. 나는 내일이 아니라 끊임없이 현재를 기다린다. 나는 현재를 기다리고 있다.

그런데 현재에 대한 기대를 파괴하는 자들이 있다. 마치 기대된 현재—비교적 아름답고 비교적 행복한—의 도래를 저지하는 걸 사명으로 삼고 태어난 것처럼 말하고 행동하는 자들이 있다. 그들은 있을 수 있는 비교적 살 만한 현재를 끊임없이 파괴한다. 그만큼 지독하게 만든다.

그들은 기대된 현재를 어떻게 파괴하는가.

그들은 적재 용량이 많은 쓰레기차처럼 많은 오해와 편견 그리고 타성적인 잡념 들을 짊어지고 다닌다. 젊은 베르테르의 말처럼, 이 세상을 나쁘게 만드는 것은 어떤 간악한 의도보다도 오해와 타성이라는 것을 그들은 알려고 하지 않는다. 그런 종류의 짐은 누구나 다소간 짊어지고 있고, 그래서 그 중압 아래에 있는 것은 누구에게나 불가피할는지 모른다. 그렇다면 그들은 그 압력으로부터 자유로워지는 방법을 생각해보지 않으면 안 된다. 자멸감으로부터 나온 시니시즘 따위는 우리의 기대된 현재를 파괴할 따름이다.

그들은 기대된 현재를 어떻게 파괴하는가.

그들은 매우 경박한 동기를 가지고 공격한다. 이 공격성은 진실이 있는 데를 '더불어' 바라보면서 있을 수 있는 생각의 차이나 태도의 편차에서 나오는 싸움과 전혀 다른 것이다. 그들은 언제나 조급하게, 즉각적으로 공격할 준비가 되어 있을 만큼 자신의 삶을 위태롭게 느끼고, 그래야만 자신이 유지되고 보존된다고 생각한다. 그들의 삶은 부서진 유리 조각 같은 것이어서, 대개 창을 통해서 가능해지는 어떤 전망을 위해 아무것도 기여하지 못한다. 그리하여 그들은 자기 파멸을 향한 병든 정열로 매우 힘차 보인다.

그들은 기대된 현재를 어떻게 파괴하는가.

그들은 자신이 거세되었다는 사실로부터 나온 힘으로 남의 급소를 찬다. 실은 다 같이 거세되어 발길질할 불알도 없는데 신경질적으로, 매우 약삭빠른 척하고 먼저 찬다. 자신이 거세되었다는 사실로부터 나오는 힘으로! 그리하여 그들은 사랑이라는 이름의 마음의 활력을 지니는 데 매우 의기양양하게 인색하다. 진정한 힘의 원천인 마음의 고요를 마련하는 데 매우 떠들썩하게 인색하다. 그들은 그리하여 이 거대한 소음 시스템을 위한 확성기 노릇을 하고 있음을 모르고 있을 따름이다.

그런데 내가 현재를 기다릴 수 있기 위해서는 먼저 나 자신의 신전을 마련하지 않으면 안 된다. 가능한 한 지속적인 마음의 고요, 혹은 내적 아름다움을 유지해야 한다. 그러지 못할 때 내가 기다리는 현재가 남 때문에 오지 않는다고 생각하기 쉽기 때문이다. 다시 말해 내가 기대하는 현재를 누릴 수 없는 이유를 내 바깥에서 찾게 되는 것이다. 그런 버릇을 되풀이하는 한 물론 나는 내가 기다리는 현재 속에 살 수 없으며 내가 기다리는 현재는 영원히 오지 않는다.

자신과 짜지 말고 아주 엄격하게 생각하면 내가 살아 있다는 것 자체가 이미 타자를 상처 입히고 있는 것이 아닐 수 없다. 더 극단적으로 말하면 타자를 해롭게 하거나 상처 입히지 않고 어떻게 한마디 말과 하나의 행동이 가능하겠는가 싶기도 하다.

그러면 우리가 더불어 살면서 내적 아름다움을 얻는 길은 무엇인가. 인도의 사상가 크리슈나무르티는 이렇게 말하고 있다.

실로 내적 아름다움을 얻으려면 완전한 포기가 있어야 한다. 즉 유지도 억제도 없고 방어도 저항도 없는 상태가 그것이다. 그러나 엄격함이 따르지 않으면 그 포기는 혼돈이 된다. 그런데 우리는 엄격하다는 것, 적은 것으로 만족하고 '더 많이'라는 생각을 하지 않는다는 것이 무엇을 말하는지 알고 있을까? 깊은 내적 엄격함을 수반한 그런 포기가 있어야 하는데, 그 엄격함이란 마음이 바라지 않고 얻지 않고 '더 많이'라는 생각을 하지 않기 때문에 비상하게 단순한 것이다. 창조적 아름다움을 가져오는 것은 엄격함이 따르는 포기로부터 생겨난 단순성이다. 그러나 사랑이 없다면 당신은 단순해질 수 없고 엄격해질 수 없다. 당신은 단순성과 엄격성에 대해 얘기할 수는 있겠지만, 사랑 없이는 그것들은 강제에 지나지 않으며, 그러므로 포기는 없는 것이다. 자신을 포기하고 자신을 완전히 잊을 수 있는 자만이 사랑을 갖고 있으며 그리하여 창조적 아름다움에 이를 수 있다.

아름다움은 분명히 형태의 아름다움을 포함한다. 그러나 내적 아름다움이 없이는 그 단순한 형태의 아름다움에 대한 감각적 지각은 타락과 붕괴로 이끌릴 뿐이다. 당신이 사람들에 대해서, 지상의 사물들에 대해서 진정한 사랑을 느낄 때 내적 아름다움이 있게 된다. 그리고 그 사랑과 함께 엄청나게 깊은 생각과 신중성과 참을

성에 대한 의식이 생긴다. 당신은 가수나 시인처럼 완전한 테크닉을 가질 수 있고 그리는 방법과 말을 배열하는 방법은 터득할는지 몰라도, 이 내면의 창조적 아름다움 없이는 그 재능이 거의 의미 없게 될 것이다.

불행하게도 대부분의 우리는 단순한 테크니션이 되어가고 있다. 각종 시험에 합격하고, 먹고살기 위해 이러저러한 기술을 익힌다. 그러나 내적 상태에 주의를 기울이지 않은 채 기술을 배우거나 능력을 발전시키면 세상에 추함과 혼돈을 가져올 따름이다. 우리가 만일 내적으로 창조적 아름다움에 눈뜨면 그 아름다움은 스스로 바깥으로 나타나게 되고, 그러면 질서가 존재하게 된다. [……] 커다란 엄격성과 단순성이 있을 때 그것과 함께 사랑이 있게 된다. 이것의 전부가 아름다움이며 창조의 상태이다.

——『잘 생각해봅시다(Think on These Things)』

파스테르나크는 그의 서한집 『조지아 친구들에게 보내는 편지(Letters to Georgian Friends)』(1968)에서 "내 사랑하는 친구들, 그대들은 내가 얼마나 여러 번 내가 느끼고 본 것을 통해 거듭거듭 살고 있는지 쉽게 상상할 수 있을 것이오"라고 쓰고 있다. 이것은 그가 러시아 중남부의 한 아름다운 소공화국 조지아에 가서 머물 때 더불어 지낸 그곳 시인들과 작가들에게 보낸 편지의 한 부분으로, 파스테르나크는 그들의 시를 좋아한 나머지 러시아어로 번역하기도 했다. 파스테르나크의 편지에 표현된

현재를 기다린다

조지아의 시인들과 그곳 풍경은 무척 아름답고 그들에 대한 파스테르나크의 사랑과 충정과 그리움은 신성하고 열렬하다.

그러니까 그가 느끼고 본 것들은 모두 아름다운 것뿐이었으며, 그는 그 아름다운 것들을 통해서 자기의 삶을 거듭 살고 있다는 이야기이다.

아름답고 기쁜 일들을 통해서 거듭거듭 다시 사는 사람들이 지금도 지구의 어디엔가는 있다……

[1976]

카테리나의 추억

춤추는 자리에서는 여러 생각할 것
없이 같이 춤을 추는 게 상책이다. 나
역시 내 육체를 스스로 공개적으로
무시하는 실책을 남기지 않기 위해
춤을 추기 시작했다.

우리는 사람에 대해 실망만을 하도록 태어나지는 않았다. 사
람에 대해 실망하기 위해 살고 있는 것은 아니다. 적어도 그렇
게 믿을 수밖에 없다. 희망과 기쁨의 가장 신나는 부분은, 절망
과 슬픔이 그렇듯이, 사람 속에서 사람을 통해서 탄생하고 소
유된다는 사실을 우리는 의심할 수 없다. 사실 세상에 기분 좋
은 사람은 없지 않다. 그동안 살아오면서 기분 좋은 사람도 제
법 만날 수 있었는데, 그리스의 시인 카테리나도 그중 하나다.
아메리카, 1975년.

저녁 5시가 가까워지자 우리가 묵고 있는 '메이플라워'라는
아파트 앞 잔디밭에는 20여 개국에서 온 나그네들인 시인, 소
설가, 극작가 들이 모이고 있었다. 아이오와주 교외에서 농장

과 제본소를 하고 있는 아메리카의 젊은 시인 스킵과 그의 아내 보니가 우리를 위해 '오지 파티'를 열기로 되어 있었기 때문이다. 점잖은 말로 우리가 산각(散脚)이라고 부르는 절름발이인 카테리나가 저만치서 "마이 디어!"라고 소리치며 다가왔다. '마이 디어!'란 우리가 만나면 남자건 여자건 주고받는 인사말 중의 하나였다.

"너는 나를 보고 있구나!"

그녀는 다시 소리쳤다. 우리가 서로 바라보는 일 자체가 아주 감격적일 수 있다는 듯이.

"아냐, 나는 네 냄새를 맡고 있다!"

나는 좀 과장되게 소리쳤다. 그녀는 크게 웃으며 몸을 한 바퀴 돌렸다.

일반적으로 여자에 대해서는 정관(靜觀)이 가능하지 않은 것 같다. 그래서 시각 쪽이라기보다는 후각의 대상이 아닌가 생각된다. 카테리나는 발뿐만 아니라 한쪽 팔도 오그라들어 있었지만, 그녀의 눈언저리에서는 무슨 꽃가루 냄새가 나는 것 같았다.

그녀의 눈과 그 언저리에는 언제나 무슨 꽃가루가, 그것도 아주 많이, 아주 짙게 덮여 있었다. 그것은 화장을 짙게 한 눈이 보여주는, 썩은 밀가루 반죽 위에 곰팡이가 핀 것 같은 칙칙함이 아니라 운명적으로 자기의 일부여서 스스로도 어떻게 할 수 없는, 마치 꽃 피는 봄 먼 산에 피어오르는 짙은 아지랑이처럼 넘쳐흐르는 생명의 분출, 바로 그것이었다. 모든 동식물이 가지고 있는, 그러나 인간은 문명과 사회라는 이름 아래 교활하고 왜곡되게 사용하고 있는 자연의 생명력이 있는 그대로 솟아나는 풍경이라고 할 만했다.

그녀는 보기 드문 '열린 사람'이었다. 상당히 유식하고 머리 좋고 민감한 그녀의 아름다움은 그 개방성에서 나오고 있었다. 우선 자기의 몸이 불구라는 것 따위는 전혀 의식하지 않는 것 같았다. 매우 심하게 절룩거리면서 그녀는 상대방에게 '네 마음이 병신이지, 네 마음이 불구지' 하는 것처럼 행동했다. 그리하여 그녀의 태도는 이 세상의 병신스러움을 환기하는, 매우 바르고 고귀한 의무를 다하고 있는 것처럼 생각되기도 했다. 그래서 나는 때때로 그녀 앞에서 무척 부끄럽지 않을 수 없었으며, 나의 미적 편견이 낳은 심리적 추악함을 몰래 씻어버리곤 했다.

우리는 몇 대의 자동차에 분승, 40여 분을 달려가서 그 젊은 시인네 집에 도착했다. 그 집은 끝없는 옥수수밭 평야 한가운데 그림처럼 놓여 있었다. 그곳들의 집이 흔히 그렇듯이, 목조 2층으로 된 그 집의 내부는 퍽 소박했고 책상, 의자, 벽에 걸린 장식품, 놓여 있는 물건 등 거의 모든 것이 목재로 되어 있어서 따뜻하고 마음에 든 나머지 몇 달쯤 살고 싶다는 생각이 들었다.

2층에는 침실과 작업장이 있어서, 책을 제본하는 작은 기계와 아직 제본되지 않은 속 빈 하드커버들, 겉장 없는 책들이 쌓여 있었다. 창밖으로는 마침 굉장히 커 보이는 붉은 해가 지평선을 넘어가고 있는 중이어서 그 장엄함이 주는 느낌은 마치 그 불덩어리가 내 목구멍으로 넘어가는 것 같았다.

우리는 의자에 앉거나 마룻바닥으로 되어 있는 응접실 안이나 부엌을 서성거리면서 순서도 질서도 없이, 캠핑 온 고등학생들처럼 깡통 맥주를 마시기 시작했다.

그때 부엌 쪽에서 카테리나의 걸쭉한 목소리가 이쪽으로 들려왔다.

"맥주요! 맥주요!"

그녀는 깡통 맥주를 한 아름 안고 골목을 지나가는 행상처럼 "비어! 비어!"를 연거푸 외치면서 응접실로 들어서서 사람들 사이를 누비며 한 바퀴 돌았다. 그 목소리는 가늘게 떨리면서 구성지고 슬프게 그리고 유쾌하게 흘러나왔으므로, 나는 그녀가 안고 있는 맥주 한 통을 집어 드는 것이 마치 그녀의 슬프고 유쾌한 가슴을 열어 그걸 꺼내는 기분이었다. 저녁을 먹고 술이 거나하게 오르자 저 세계를 정복하고 있는 아메리칸 팝송이 악을 쓰며 꽝꽝거렸고 사람들은 춤을 추기 시작했다. 리듬에 맞춰 모두 제멋대로 몸을 흔드는 즉흥적인 춤이었다. 이 춤이라는 것은 서양의 생활 문화나 풍속을 이루는 데 퍽 중요한 자리를 차지하는 것으로 생각된다. 인간 생명의 자발적인 성장의 표현이나 징후 들조차, 또는 자유롭고 개성적인 선택과 취

미에 속하는 것들조차, 퇴폐와 타락으로(사실 맹목적인 타락이나 퇴폐가 없는 건 아니지만) 여겨질 만큼 금기(禁忌)가 많은 닫힌 사회에서는 용납되기 힘든 인간관계의 한 형식이 춤을 통해 이루어진다.

춤은 우선 개방된 육체적 접촉이며 남녀 관계의 사회화이다. 춤은 남녀의 육체들로 하여금 적당한 거리를 갖게 하고, 그 접근 과정이 일정한 형식과 틀에 따라 이루어지기 때문에 남녀 관계의 은밀성이 갖고 있는 성적·심리적 강박으로부터 당사자들은 일단 해방되므로 퍽 문화적이라고 할 수 있다. 그리고 인간은 일차적으로 살과 뼈로 되어 있다는, 가장 확실한 존재론적 진실을 공적으로 확인하고 나타내는 의식이기도 하다. 그리하여 춤추는 사람들은 육체의 에너지를 공개적으로 소모하여 '더불어' 나누는 개방적인 즐거움을 얻고자 상대방과 동등한 자리에서 힘의 조화를 도모한다. 그리고 춤은 우리의 육체에 대한 어떤 종류의 감시로부터도 자유롭다. 사회체제나 이념이라는 이름 아래 행해지는 나쁜 감시는 육체의 활동적 힘을 위축시키며, 터무니없는 공포를 안겨주어 남의 눈치를 보게 한다.

그러나 춤추는 자리에서는 여러 생각할 것 없이 같이 춤을 추는 게 상책이다. 나 역시 내 육체를 스스로 공개적으로 무시하는 실책을 남기지 않기 위해 춤을 추기 시작했다. 몇 번 파트너가 바뀌면서 춤이 계속되자 목이 말랐으므로 나는 부엌으로 갔다. 이 방 저 방에서 의자나 마룻바닥에 앉아 술을 마시는 사람도 있었고 부엌에 서서 마시며 지껄이는 사람도 있었다. 내가 주방 식탁에 기대서 와인을 마시고 있는데, 카테리나가 술잔을 받쳐 들고 나에게 다가서서 바짝 몸을 붙이며 말했다.

"나 널 좋아해."

예의 그 깊은 눈은 나를 바라본다기보다는 나를 지나서 어디 저만큼 먼 데를 바라보며 입보다 더 많은 말을 하고 있었다.

나이가 들면서 많이 없어지는 것이지만, 여자나 남자에 대한 환상은 우리의 청춘을 항상 지배해왔고 우리는 '없는 여자가 있기를(!)' 얼마나 바랐던가…… 나를 바라보면서 나를 지나 내가 등을 돌리고 있는 어디 저만큼 먼 데로 시선이 흘러가는 것처럼 보이는 카테리나의 눈은 아직도 '없는 남자'가 있기를 꿈꾸고 있는 듯했다.

"키스해줘."

그녀가 말했다. 나는 좀 당황했으나 그녀의 뺨에 키스했다.

"아냐, 그런 거 말고."

"이게 한국식 키스야."

"그럼 한국식 말고 미국식으로 해줘."

그러자 나는 얼른

"가만있자, 이 집이 흔들리고 있어!"

라고 말했다.

"이봐, 이 집이 움직이고 있잖아."

내가 엉거주춤한 포즈를 취하며 다시 말하자 카테리나는 내

가슴을 치며 단호하게 말했다.

"이 거짓말쟁이!"

"아냐, 사실 나는 지금 우리가 기차를 타고 있는 기분이야."

"어디로 가는 기차지?"

"그야 어디로든 가겠지."

나는 이렇게 말하고는 아이들이 기차놀이를 할 때처럼 칙칙
폭폭을 연발하며 팔을 내저었다. 카테리나도 어느덧 합세해서
우리는 열렬하고도 진지하며 그리고 우스꽝스럽게 칙칙폭폭을
계속하다가 서로를 붙들고 크게 웃었다. 집 안에는 계속 음악
이 퍼져 나갔고, 사람들은 춤을 추거나 앉거나 서서 술을 마시
고 있었으며, 하나둘씩 떠나는 모습도 보였다. 나는 젊고 일 잘
하는 미국 시인 버트 블룸과 함께 그의 차로 돌아가려고 밖으
로 나왔다. 밤 11시가 지나고 있는 바깥은 추웠고, 달이 밝았다.
그때 저쪽에서 말 울음소리가 들렸다. 버트와 함께 그쪽으로
가까이 가자 조랑말 한 필이 나무에 매어져 있었다. 우리는 그
놈의 목을 쓰다듬어주었다.

"춥고 외로워서 우는 거야."

버트가 말하면서 그놈의 귀에다 대고 속삭였다.

"이봐, 춥니? 저런, 춥구나."

그러자 말은 다시 어흐흐흥 하고 달 밝은 밤하늘을 향해 크
고 애절하게 울었다. 그때 집 쪽에서도 또 하나의 말 울음소리
가 날아왔다. 사람이 흉내 내고 있음을 짐작할 수 있었으나, 거

카테리나의 추억

의 메아리처럼 닮은 말 울음소리였다.

"저게 누구야?"

"카테리나지 뭐."

그래서 나는 그녀의 말 울음소리에 화답했다.

어흐흐흥.

그녀도 다시 울었다.

어흐흐흥.

어흐흐흥.

말은 말없이 사람들의 말 울음소리를 듣고 있는 듯했다.

[1976]

세속에서의 명상

명상은 인생에서 가장 위대한
예술이며, 아무에게도 그것을 배울 수
없는데, 그 점이 그것의 아름다움이다.

글을 안 쓰는 게 좋지도 않겠지만, 글을 쓴다고 다 좋은 것도
아니다. 마지못해 쓰는 글이라면 더 그렇다. 더구나 '명상'에 대
해 '말'을 한다는 것은 부질없는 일이기 쉽다. 명상이라는 심적
공간은 말이 끊어진 상태이기 때문이다.

그러니까 명상에 관해 알려면 명상에 대해 쓴 글을 읽을 게
아니라 각자가 명상에 잠기는 길밖에 없다. 명상에 관한 말을
수없이 듣고 명상에 대해 아무리 잘 알아봤자 소용이 없다. 명
상이란 지식이 아니라 실천이기 때문이다.

모든 말과 글은 자기의 생각을 이야기하는 것이다. 모든 이
야기는 자기의 마음에 일어난 사건이다. 우리는 다른 사람이
무슨 생각을 하고 있는지 알 필요가 있다. 그것은 마치 내 생각
을 남이 알아주기를 바라는 것과 마찬가지다. 그래서 우리는

이야기를 주고받으며 글을 쓰고 읽는다. 또 사람의 생각이란 늘 부족하기 때문에 좀더 완전한 생각에 이르기 위해서는 서로 생각을 나누는 수밖에 없다.

우리는 말로써 이를 수 없는 것에 대해 많은 말을 해왔다. 하느님이라든지 사랑, 진실, 아름다움 같은 것들이 그 예이다. 명상도 마찬가지다. 말 가지고는 명상에 이를 수 없다. 더구나 남의 말을 통해서는 명상에 이를 수 없다. 마치 어떤 꽃을 그림으로 그리거나 소리로 표현하거나 또는 말로 그 색과 향기에 대해 묘사한다고 해도 그것이 그 꽃 자체는 아니며, 그 꽃의 아름다움 자체가 아닌 것과 마찬가지다.

'아, 이 향기!' 해봤자 꽃의 향기와 거리가 있으며 '오, 이 빛깔!' 해봤자 꽃의 빛깔이 아니다. 그러니까 꽃을 따서 보여주든지(부처님 식으로) 꽃 있는 데로 데리고 가서 거기다 코를 박아주든지 해야 한다. 그런데 이렇게 하는 것은 매우 번거로운 일이다. 그러려면 인생이 지금보다 한 천 배쯤 더 길어야 할 것이다.

말이라든지 상징 같은 표현 수단들은 우리가 직접 가서 그걸 보거나 냄새 맡지 않아도 그걸 알 수 있게 하는 통로, 말하자면 간접적이지만 집약적으로 알게 하는 통로라는 것을 이해하게 된다. 예를 들어 '죽고 싶은' 심경을 보여주기 위해 누가 죽었다면 그건 난처한 일임에 틀림없다.

우리가 명상에 대해 말하는 것도 명상 자체를 보여줄 수 없기 때문일 것이다. 그러나 그건 명상에 대한 말일 따름이지 그게 곧 명상은 아니다. 명상은 다른 사람의 마음에 피는 꽃이 아니라 자기 자신의 마음에 피는 꽃이기 때문이다. 아니 명상에 잠긴 마음이 곧 꽃일 것이다.

그런데 자기 자신의 명상의 결과도 아니고 다른 사람의 명상의 결과를 소개한다든지 거기에 주석을 붙인다든지 하는 것도 실은 부질없는 일이다. 왜냐하면 그 사람의 이야기를 직접 들으면 될 것이기 때문이다.

가령 명상이란 무엇인가에 대해서 크리슈나무르티라는 사람이 뭐라고 했는지 알아보려면 그가 한 말을 직접 읽으면 된다. 게다가 1979년 그의 『아는 것으로부터의 자유』(정우사)를 내가 번역, 소개한 이후 그의 다른 저서들이 여러 권 번역되었고 많이 읽힌다고 하니 더 이상 그에 대해 얘기하고 싶은 생각도 없다.

그가 말하는 방식대로 말하자면, 그의 말이 아무리 감동적인 것이라고 하더라도, 읽고 나서 잊어버려야 하기 때문이다. 사물에 대한 그의 접근 방식에서 부정(否定)이 핵심을 이루고 있음을 간취할 수 있지만 그의 말을 잊어버려야 하는 까닭을 우리는 그 자신의 말에서 찾을 수 있다[다음 인용문들의 출처는 모두 『아는 것으로부터의 자유』이다].

여러 세기 동안 우리는 우리의 선생들에 의해, 권위자들에 의해, 책들과 성인들에 의해 숟갈로 떠먹여지듯 양육되었다.

세속에서의 명상

우리는 말한다. "그 모든 것에 대해서 말해 주세요—저 언덕들과 산 너머, 그리고 지구의 저쪽에 무엇이 있는지……." 그러고는 그들의 설명을 듣고 우리는 만족하는데, 이것은 우리가 말에 의지해서 살며 우리의 삶이 경박하고 공허하다는 것을 뜻한다. 우리는 얻어들은 것으로 사는 헌 사람들이다. 우리는 우리가 들은 바에 따라 살았고, 우리의 의도나 성정(性情)에 의해 이끌려 왔으며 여러 조건들과 환경에 의해 받아들여지도록 강요되어 왔다. 우리는 온갖 영향의 결과이며, 우리 속에는 아무것도 새로운 게 없고, 우리 자신을 위해서 발견한 게 아무것도 없다. 독창적이고 원래대로이며 명징(明澄)한 게 아무것도 없다. (pp. 14~15)

크리슈나무르티는 모든 권위를 부정하고 우상화를 경계한다. 물론 자기 자신이 권위가 되거나 우상이 되는 것도 거부한다. 그래서 구미 각국을 돌아다니며 강연하는 동안 그를 따르는 사람이 5만여 명에 이르렀으나 그는 그들을 떠난다. 이런 점이 그의 매력이며, 가령 미국에서 '명상 센터'라는 걸 차려놓고 있었던 라즈니시라는 사람과 다른 점이다.

명상이란 무슨 센터에 가서 하는 게 아니다. 센터가 있다면 그것은 자기의 마음이다. 마음이 명상의 센터다. 그러므로 명상법을 배우러, 명상을 하기 위해 무슨 센터로 가는 것은 자기의 마음을 떠나는 것이며, 마음을 떠나서는 이미 명상이 없다. 마음과 더불어 있다면 언제 어디서나 명상은 가능하다.

그러니까 크리슈나무르티가 『아는 것으로부터의 자유』 끝부분에서 명상에 관해 말할 때, 이 책을 정말 주의 깊게 읽었다면 바로 그것이 명상이라고 말하면서 악센트가 '이 책'에 있지 않고 '주의 깊음'에 있음을 알 수 있다. 그의 매력 중 하나는 '진리는 길을 갖고 있지 않다'고 선언하는 데 있기 때문이다.

그러나 완전히 다른 사회를 창조하기 위해 인간은 무엇을 할 수 있는가?—당신과 나는 무엇을 할 수 있는가? 우리는 지금 아주 진지한 질문을 하고 있다. 도대체 뭔가 행해진 게 있는가? 우리는 무엇을 할 수 있는가? 누가 우리에게 말해 줄 것인가? 사람들은 우리에게 말했다.

이러한 문제들을 우리보다 잘 이해한 것으로 추측되는 소위 정신적 지도자들은 뒤돌아보려고 하면서 우리에게 말했고, 새로운 주형(鑄型) 속에 우리를 부어 넣었고, 그리고 우리를 별로 이끌어 가지 못했다. 즉 궤변에 능하고 유식한 사람들이 우리에게 말했고 그것은 우리를 멀리 이끌지 못했다.

우리는 모든 길이 진리로 이끈다는 말을 들어 왔다. [……] (그러나) 진리는 길을 갖고 있지 않으며 그리고 그것이 진리의 아름다움이며, 그것은 살아 있다. 죽은 것은 그것이 정적(靜的)이기 때문에 길을 갖고 있지만, 그러나 진리란 살아 있고 움직이는 것이어서 쉴 데가 없고, 신전(神殿)이 없고, 절이나 교회도 없고, 선생도 없고, 철학자도 없으며, 아무도 당신을 그리로 인도하지 못한다

는 것을 알 때, 당신은 이 살아 있는 것이 다름 아니라 당신의 실상
(있는 그대로의 당신)이라는 사실을 알게 될 것이다. (pp. 21~22)

우리로 하여금 다름 아니라 자기 자신을 발견하게 한다는 점
에서, 남의 힘으로가 아니라 스스로 새롭게 탄생하게 한다는
점에서 그는 소크라테스와 흡사하다. 소크라테스는 자기를 산
파라고 했다. 각자가 스스로를 알도록, 그리하여 새로운 자기를
낳도록 산파 노릇을 하는 사람이라는 것이다.

그렇게 하는 방법이 유명한 '대화'이다. 즉 이쪽에서 일방적
으로 가르치거나 주입하는 게 아니라 서로 얘기를 하다가 스스
로 깨닫게 하는 것이다. 그래서 모든 성자와 현인의 이구동성
—자기를 아는 것이 지혜의 근본이라는 얘기가 나온다.

크리슈나무르티의 말에서 핵심적인 것 중의 하나는 '있는 그
대로 보기'이다. 우리가 새로 태어나기 위해서는 내적 혁명, 또
는 안으로부터 폭발하는 일이 필요한데, 그러기 위해서는 있는
그대로 봐야 한다. 그러나 이것처럼 어려운 일이 또 어디 있으
랴. 인간의 불행과 비참은 있는 그대로 보지 못하는 데서 오는
것이라고 할 수 있다. 예를 들어 우리는 여러 가지 공포 속에서
산다. 현실적인 여러 두려움에서부터 형이상학적인 두려움에
이르기까지 두려운 게 많다. 공포를 눌러보기도 하고 공포에서
도피하기도 하지만, 그러한 일시적인 방편이나 눈가림 가지고
는 공포에서 해방될 수 없다. 그런데 크리슈나무르티에 의하면

내가 두려워하는 그것과 내가 다르지 않다는 것을 알 때 공포는 사라진다. 이러한 통찰은 그야말로 계시적이라고 하지 않을 수 없다.

그러나 '나는 두렵다'고 말하는 관찰자는 공포인 관찰물과 사실상 무엇이 다른가? 관찰자가 공포이며 그리고 이것을 깨달을 때, 공포를 제거하기 위해 노력하는 데에 더 이상의 에너지 낭비가 없고, 또 관찰자와 관찰물 사이의 시공(時空)의 간격이 사라진다. 당신이 공포와 동떨어져 있는 게 아니라 그것의 일부임을 알 때—즉 당신이 공포임을 알 때—당신은 그것에 관해서 아무것도 할 수 없다. 그리하여 공포는 완전히 사라지게 된다. (p. 76)

다시 말하면 내가 어떤 것을 두려워한다거나 나와 내가 두려워하는 것이 다르다고 생각하는 것은 잘못이고—왜냐하면 그래 가지고는 공포에서 해방될 수 없으니까—내가 곧 공포라는 얘기다.

이런 말에서 우리는 폭발력을 느낄 수 있다. 공포 대신 다른 걸 대입해도 마찬가지다. 예컨대 증오도 그렇다. 내가 미워하는 그것과 나는 다르지 않다. 더 나아가서 내가 곧 증오이다. 이렇게 통찰하고 나면 눈 녹듯이 사라지지 않는 증오가 어디 있겠는가. 그리고 이것은 공포나 증오를 있는 그대로 본 결과이다. 그래서 보는 것(아는 것)은 행동하는 것이라는 얘기가 가능

세속에서의 명상

하다.

있는 그대로 보는 것, 이 비상한 직접성을 선직관(禪直觀) 또는 선불교(禪佛敎)에서는 반야직관(般若直觀)이라고 하는데, 선이란 아무것도 설명하지 않는 언어도단(言語道斷)의 세계이며, 그냥 보기만 하는 세계이다. 여기서 본다고 하는 것은 대상을 보는 게 아니다. 이것을 절대적 봄(absolute seeing)이라고 부르는 사람도 있다. 이것이 다름 아니라 명상이다.

크리슈나무르티의 말을 잊어버려야 한다는 말을 하다가 여기까지 왔는데, 그러니까 그의 말을 잊어버려야 한다는 것은 자기 자신을 있는 그대로 보고 자기를 발견해야 한다는 말의 역설적 표현에 다름 아니다. 말이라고 하는 씨앗은 그 씨앗이 떨어진 마음을 변화시키지 않는 한 아무리 잘 외우고 기억해도 소용이 없다. 나는 "잊어버림으로써 기억한다"라는 말을 한 적이 있는데 이런 경우에도 해당되는 말이라고 할 수 있다. 말은 흔적도 없이 없어져야 그 구실을 다한 것이다. 다시 말해서 말은 살이 되어야 한다. 말은 육화(肉化)함으로써 가뭇없어야 한다.

보통 사람의 힘으로는 잘 안 될 것 같은 이야기를 하는 듯해서 상당히 비인간적이라고 느껴지는 크리슈나무르티의 명상에 관한 생각을 알아보기 전에 우리의 내적 혁명을 위한 그의 중요한 처방을 한 가지 더 이야기해야겠다.

간단히 말하면 과거(아는 것)를 잊어버리라는 것이다. 과거란 우리가 이미 겪은 것이니까 우리가 잘 아는 것인데, 이 아는 것으로부터 자유로워야 정말 산다고 한다.

만일 당신이 당신의 가족, 당신이 느낀 모든 것을 포함한 모든 아는 것에 대해서 죽는다면, 그때 죽음은 정화(淨化)이며 다시 젊어지는 과정이다. 그러면 죽음은 천진성을 가져오며, 오직 천진한 사람만이 정열적이고 [……] 당신이 죽을 때 무엇이 일어나는지를 정말 알아내려면 당신은 죽어야 한다. 이것은 농담이 아니다. 당신은 죽어야 한다―육체적으로가 아니라 심리적으로, 내적으로, 당신이 소중히 품어 온 것들과 쓰라려 하는 것들에 대해서 죽지 않으면 안 된다. [……] 죽는다는 것은 완전히 빈 마음을 갖는다는 것을 뜻하며, 그것의 일상적인 원망(願望), 쾌락, 괴로운 격정들을 비우는 걸 뜻한다. 죽음은 새로 태어나는 것이요, 변화이며, 그 속에서 생각은 기능을 하지 못하는데 왜냐하면 생각은 낡은 것이기 때문이다. 죽음이 있을 때 거기엔 완전히 새로운 어떤 것이 있다. 아는 것으로부터의 자유가 죽음이며, 그러면 당신은 살고 있는 것이다. (pp. 121~22)

그는 뭐든지 '억지로' 하는 것을 싫어한다. 위의 말에서도 죽는다든지 비운다든지 하는 말은 억제한다든지 끊는다는 말과 다르다. 남이 나에게 과하는 것이든 스스로가 스스로에게 과하는 것이든 강제적인 것은 자연스럽지 못하며 그래서 가짜이기

세속에서의 명상

쉽다.

그에 비해서 비운다는 말에는 자발성이 가지고 있는 부드러움이 스며 있으며 죽는다는 말은—가령 억제라는 것이 잠정적인 데 비해서—돌이킬 수 없는 완전함이란 뜻을 그 속에 가지고 있다. 그리고 마음을 비운다는 것이 다름 아니라 명상일 것이다. 빈 마음으로 보면 사물이 있는 그대로 보이기 때문이며, 있는 그대로 보는 것이 명상이기 때문이다.

명상에 대해 말하기 전에 그는 체험을 문제 삼으면서 체험에 대해 부정적 태도를 보여주는데, 이것은 위의 '아는 것'에 대한 그의 부정과 다르지 않다. 그에 의하면 체험하고자 하는 요구의 뒤에는 만족하고자 하는 욕망이 있고, 만족을 위한 요구는 체험을 명령한다. 쾌락을 얻고자 하는 계획에 다름 아닌 체험은 도전에 대응한 기억들의 묶음인데, 기억과 더불어 일어나는 일이라는 점에서 체험은 낡은 것이며, 체험을 갈망하는 마음은 얕고 무딘 것이다.

우리는 깨어 있기 위해서 체험과 도전에 의존한다. 우리 자신 속에 아무 갈등이나 불안이 없다면 우리는 잠들고 무디어질 것이라고 생각한 나머지, 더 많은 흥분과 강렬함을 주기 위해, 마음을 더욱 예민하게 하기 위해 도전과 체험에 의존한다. 그러나 그것은 우리 마음을 더욱 무디게 할 따름이다.

그렇다면 도전이나 체험 없이 완전히, 즉 존재의 일부분이 아니라 완전히 깨어 있을 수는 없는가. 그러려면 모든 요구로부터 자유로워야 한다. 왜냐하면 내가 요구하는 순간 나는 체험하기 때문이다. 그리고 요구와 만족에서 자유롭기 위해서는 나 자신을 연구·조사할 필요가 있으며 요구의 본질 전부를 이해할 필요가 있다.

요구는 이중성에서 나온다. 예컨대 '나는 불행하다, 그래서 나는 행복해야 한다'고 할 때 나는 행복해야 한다는 바로 그 요구가 불행이라는 것이다. 긍정된 모든 것은 그것 자체의 반대를 포함하고 있으며 극복하고자 하는 노력은 그것이 극복하고자 하는 그 대상을 강화한다. 끊임없는 요구로부터 벗어나지 않으면 그러한 이중성의 회랑(回廊)은 끝나지 않는다. 그것은 자기 자신을 완전히 앎으로써 마음이 더 이상 뭔가를 찾지 않는다는 것을 뜻한다. 그런 마음은 체험을 요구하지 않는다. 그런 마음은 '나는 잠들어 있다'거나 '나는 깨어 있다'고 말하지 않는다. 그것은 완전히 있는 그대로이다. 오직 좌절하고 좁고 얕은 마음, 제약된 마음만이 항상 더 많이 얻고자 한다. 그러면 이 세상에서 '더 많이' 없이 살 수 있는가? 그 끝없는 비교 없이 이 세상에서 살 수 있는가? 이 질문에 대해 자기 스스로 해답을 찾지 않으면 안 되는데, 이 모든 질문을 탐색하는 것이 명상이다.

위의 체험에 대한 얘기는 체험을 아주 중요하게 생각하는 문학, 갈등과 모순 속에 있는 인간을 그대로 보여주는 문학의 자리에서 보면 설득력이 없다. 또 성자가 아닌 보통 사람의 나날의 생활이라는 자리에서 봐도 어려운 이야기이다. 겪어보지 않고는 인생을 알 수 없는 것도 사실이고 체험 없는 앎은 구체성이 없는 것이기 때문이다.

그러나 그의 체험에 대한 얘기는 맹목적인 반복 속에 들어있는 미망(迷妄), 나쁜 습관에 대한 경고로 읽을 수 있을 것이다. 또 성자들의 얘기란 흔히 보통 사람들이 할 수 없는 것에 관한 얘기라는 걸 생각해도 좋다. 시를 쓰는 사람으로서 말하자면, 체험이 대단히 중요한 몫을 하는 명상의 공간이 있는데, 그게 시라는 것이다.

체험 없이는 시가 추상적인 게 되어버린다. 모든 체험은 원래 가치중립적인 것이겠지만, 그것이 예술 작품의 재료가 되고그 밀도를 결정할 때 그것은 가치 있는 것이 된다. 다만 '본다'는 것은 예술 창조에도 매우 중요하다. 체험이 작품을 낳으려면 자기의 체험을 바라보아야 하기 때문이다.

같은 얘기를 다르게 하는 것이겠지만, 기억이나 과거도 문학에서는 매우 중요하다. 중요한 게 아니라 체험, 기억, 과거 없이는 도대체 문학이 불가능하다. 그렇다면 문학의 경우는 이렇게 말할 수 있을 것이다. 체험, 기억, 과거가 문학작품으로 변하는 순간 그는 그것들에 대해 죽는 것이라고.

따지고 보면 언어라는 게 벌써 체험의 소산이다. 그러니까 엄밀히 말해서 말을 하거나 쓴다는 것은 그가 이미 과거에 사로잡혀 있다는 걸 뜻한다. 그리고 말이란 선·악, 미·추, 진·위 등의 리얼리티를 드러내는 수단이기도 한 동시에 그것들을 가리는 것이기도 하다.

우리가 사용하고 있는 말은 때도 많이 묻고 거짓에 물들어 있기도 하다. 말은 다름 아니라 말하고자 하는 것과의 거리를 나타낸다는 게 그것(말)의 불가피한 한계이다. 그리고 말의 이러한 모습들에 절망한 사람들이 침묵을 귀하게 여기게 되었다. 크리슈나무르티에게 미덕이 있다면 '침묵으로서의 말'을 하려고 하는 데 있다. 그의 말은 관념적 논리나 개념화하고 거리가 멀다. 말하자면 그냥 보여주려고 한다.

그런데 문학에서 침묵에 가장 가까운 말이 시이다. 말하자면 말이 배제되지 않은 침묵(명상)의 공간이 시라고 할 수 있다. 그러한 시의 공간은, 너무 높아서 감히 접근할 수 없는 지경이 아니라, 보통 사람도 들어가볼 수 있는 공간이다.

어떻든, 여기가 시 얘기를 하자는 자리가 아니니까, 크리슈나무르티의 명상에 관한 얘기를 더 들어보기로 한다.

앞에서도 말했듯이 명상은 어떤 체제도 따르지 않는다. 그것은 끊임없는 되풀이도 아니고 모방도 아니다. 또 명상은 집중이 아니다. 집중이란 마음을 한 가지 생각에 고정시키고 다른 모든 생각을 몰아내는 것인데, 이것은 초등학교 학생도 강제로 시키면 할 수 있는 가장 어리석고 추악한 일이다.

세속에서의 명상

이것은 집중해야 한다는 주장과 여러 다른 것 속을 헤매는 마음 사이에서 우리가 끊임없이 싸워야 한다는 것을 뜻한다―모름지기 마음이 어디를 헤매든지 우리는 그 모든 움직임에 민감히 유의해야 하는데도 말이다. 그래서 그는 '집중(concentration)'이라는 말과 '주의(attention)'라는 말을 구분한다. 말하자면 주의를 완전히 기울인 상태가 명상이다. 명상은 놀라울 만큼 기민한 마음을 요구한다. 즉 명상은 삶의 정체성―그 속에서는 모든 단편화(斷片化)가 중지된―에 대한 이해이다. 명상은 생각의 통제가 아닌데, 왜냐하면 생각이 통제될 때 그것은 마음속에 갈등을 키우기 때문이다. 생각의 구조와 근원을 이해하는 것이 곧 명상이다.

명상은 모든 생각과 감정을 느껴 아는 것이며, 옳거나 나쁘다고 말하지 않으면서 다만 그것(생각과 느낌)을 바라보고 그것과 함께 움직이는 것이다. 그런 관찰 속에서 우리는 생각과 느낌의 모든 움직임을 이해하기 시작한다. 그리고 이 알아차림으로부터 침묵이 나온다.

생각을 짜맞추는 데서 오는 침묵은 정체(停滯)이고 죽음이지만, 생각이 그것 자체의 처음을 이해하고, 그 자체의 본질을 알고, 어떻게 모든 생각이 자유롭지 않고 항상 낡은 것인가를 이해했을 때 오는 침묵이 바로 명상이다. 이 명상 속에는 명상자가 없는데, 왜냐하면 마음이 그것의 과거를 비웠기 때문이다.

명상은 모든 것을 완전한 주의력을 가지고 보는 것, 즉 그것의 일부가 아니라 전부를 완전하게 보는 마음의 상태이다. 그리고 아무도 어떻게 주의 깊어지는가를 가르칠 수 없다. 명상은 인생에서 가장 위대한 예술이며, 아무에게도 그것을 배울 수 없는데, 그 점이 그것의 아름다움이다. 그것은 기술을 갖고 있지 않으며 따라서 권위가 없다.

우리가 자신에 대해서 배우고 자신을 관찰할 때, 자기가 어떻게 걷고 어떻게 먹는지를 관찰하고, 자기가 말하는 것, 가십, 증오, 질투를 관찰할 때―그 모든 것을 아무 선택 없이, 자기 자신 속에서 알아차릴 때, 그것이 명상의 일부이다. 그러므로 명상은 버스에 앉아 있거나 빛과 그림자로 가득 찬 숲속을 걸어갈 때, 또는 새가 노래하는 걸 듣거나 가족의 얼굴을 바라볼 때 일어날 수 있다. 즉 모든 바라보는 것이 명상의 계기가 될 수 있다는 이야기다.

명상을 이해하는 데에 사랑이 있으며 사랑은 체제, 습관, 방법을 따르는 것의 산물이 아니다. 사랑은 생각에 의해 심어 키워지지 않는다. 사랑은 아마도 완전한 침묵이 있을 때 존재하게 되는데, 그 침묵이란 그 속에 명상자가 완전히 없는 그런 침묵이다. 그리고 마음은 생각과 감정으로서의 그것 자신의 운동을 이해할 때에만 고요해질 수 있다. 이 생각과 감정의 운동을 이해하기 위해서는 그것을 관찰하는 데 아무 비난도 있을 수가 없다. 이런 방식의 관찰은 유동적이고 자유롭다.

세속에서의 명상

크리슈나무르티의 말은, 부분적으로 보거나 언뜻 보면 서로 모순되는 듯 느껴지는 대목들도 있지만, 그것은 또한 역으로 독자로 하여금 자기의 모순을 들여다보게 한다는 점에서 값어 치가 있다. 앞에서도 잠깐 썼듯이 입장과 분야에 따라서 그의 말이 설득력이 약한 면도 있는 듯하지만 조금 더 깊이 생각해 보면 퍽 옳다는 생각에 이르게 된다.

예컨대 그는 이미지에 대해서 부정적이며 대신 액추얼리티 (있는 그대로)를 강조하는데, 실은 이미지의 경우도 있는 그대 로 볼 수 있을 때 싹트는 것이기 때문이다. 또 그가 보통 사람으 로서는 하기 어려운 일에 대해 말한다는 느낌도 옳은 느낌이겠 지만, 불가능한 것처럼 보이는 것의 눈짓 없이 우리가 어떻게 조금이라도 나아질 것인가 하는 생각도 피할 수 없다. 어떻든 뭐니 뭐니 해도 그의 말은 한껏 '말하지 않는 말'에 가깝다는 데 그 값어치가 있다고 할 수 있다. 또한 그에게서 우리는 한껏 자 유로운 정신—자유인의 초상을 본다.

그러나 우리가 그를 너무 높은 데 올려놓거나 심지어 신앙에 가까운 감정을 가지고 그를 바라본다면(이것은 그가 제일 싫어하 는 것이다) 우리는 그에게서 멀어질 따름이다. 그게 아니라 그 를 그냥 '말벗' 정도로 여기는 게 좋을 듯하다는 것이 나의 생각 이다.

말을 많이 했다. 망언다사(妄言多謝).

[1992]

액땜으로서의 말[*]

공부의 핵심적인 가치는 잘 생각하고
잘 말하는 능력을 키움으로써 그것이
실천적 의지를 유발하고 그리하여
개인과 공동체의 액운을 막는 데
있다.

톨스토이는 그의 소설 『전쟁과 평화』에서 인간이 저지르는 이해할 수 없는 일에 대해 얘기하면서 다음과 같은 말을 했다.

"비이성적인 일들에 대해 설명하려고 할 때 우리는 꼼짝없이 숙명론에 빠지게 된다. 역사 속에서 일어난 그러한 사건들을 합리적으로 설명하려고 하면 할수록 그 일들은 더욱 불합리하고 이해할 수 없는 것으로 보이기 때문이다."

나폴레옹전쟁을 얘기하는 대목에 나오는 것이니까 우선은 전쟁을 염두에 두고 하는 말이겠지만, 인간이 저지르는 크고 작은 이해할 수 없는 일들을 매일같이 보면서 살고 있는 오늘

* 서울예술대학 신문에 발표한 글이다.

날에도 그 말이 울려내는 공감의 진폭이 크지 않을 수 없다.

인간이 저지르는 이해할 수 없는 일들을 보면서 숙명론에 빠지게 된다는 얘기는 그런 불행한 일들이 역사 이래 줄곧 있어왔다는 것, 그러한 일들이 왜 일어나는지 알 수 없다는 것, 그리고 그러한 액운을 막을 수 있는 능력을 인간이 갖고 있지 못한데 대한 한탄 따위를 포함하고 있고, 또 작가 자신은 역사의 과정이 먼 옛날부터 이미 정해져 있다는 생각을 갖고 있어서 인간의 액운 앞에서 그야말로 망연자실하고 있는 듯하지만, 우리가 놓쳐서는 안 될 것은 그가 그러한 말을 하고 있다는 사실이다. 즉 그러한 말을 함으로써 그걸 읽는 사람들로 하여금 인간의 역사와 그 불완전함에 대해 생각해보게 하고, 인간 스스로가 만드는 것이든 우주적 섭리이든 간에 인간이 겪는 불행과 비참에 대해 돌아보게 한다는 것이다. 그런 진지한 순간을 만드는 것은 물론 말하는 방식이 갖는 힘이기도 하지만, 어떻든 그러한 느낌과 성찰을 통해 우리는 자연스럽게 비참과 불행이 일어나지 말았으면 하는 바람을 갖게 된다. 그런 바람을 갖는 사람들이 늘어나면 그게 인류 공동의 의지로 모아져 우리가 겪는 비참과 불행을 줄이는 힘으로 작용할 수 있다는 점에 그 말이 갖는 적극적인 힘이 있다는 얘기이다.

요컨대 인간이 저지르는 이해할 수 없는 일들을 줄이려면 우리는 그러한 일들에 대해 끊임없이 이야기를 해야 한다는 것이다. 그리고 그러한 이야기를 하는 데 대학(특히 교수들)이

맡고 있는 몫에 대해 우리는 진지하게 생각해봐야 하지 않을까 한다.

가령 전쟁은 인간의 이해할 수 없는 어리석음을 보여주는 대표적인 액운이지만, 이 나라의 정치·사회·교육 따위의 분야에서 이해할 수 없는 행태들을 보면서, 그러한 일들에 대해 진지하게 얘기하는 기풍이 필요함을 더욱 느끼게 된다. 그것이 개인의 일이 아니라 공동체의 운명과 직결돼 있기 때문이다.

바로 그런 점 때문에, 대학에서의 공부는 단순한 정보나 기술 또는 지식의 전수에서 끝나서는 안 되고, 현실과 연관해서 스스로 생각할 수 있고 서로 이야기할 수 있는 능력을 키우는 생기발랄한 기풍을 만들어가야 한다. 결국 공부의 핵심적인 가치는 잘 생각하고 잘 말하는 능력을 키움으로써 그것이 실천적 의지를 유발하고 그리하여 개인과 공동체의 액운을 막는 데 있을 것이기 때문이다.

[1992]

낙엽 그리고 도시의 우울

> 자연의 음악에 저절로 일치할 줄
> 아는 마음은 스스로가 그냥 자연이니,
> 낙엽과 그걸 바라보는 사람 또는
> 가을과 가을을 듣는 사람은 이미
> 구별할 수 없는 한 가락이어서
> 말이라는 매개물은 거추장스러운 게
> 되는 셈이다.

나뭇가지에 싹이 트고 꽃이 피고 하는 봄에는 생명감에 겨워 무슨 탄성이라도 나오는 게 자연스러워 보이지만, 나뭇잎이 떨어지는 가을에는 지는 잎을 그냥 바라만 보는 것이 계절의 뜻에 화답하는 게 아닐까 한다. 나뭇잎이 떨어지면서 나무들은 이제 침묵의 깊음 속에 뿌리를 내리고 그 둘레의 공간을 조용함 속에 가라앉게 하는 것이니 우리도 입을 다물어야 하는 것이다.

또 가을바람과 낙엽이 서로가 서로를 장엄하면서 빈 공간을 제 맘대로 주무를 때, 우리는 우리의 마음을 벌써 거기에 실어 보내는 것이니 군소리를 할 필요가 없는 것이요, 나무들이 잎들을 내려놓듯이 우리도 '말'이라는 것을 내려놓고 그 낙하와 운(韻)이 맞아떨어지는 침잠에 빠질 수밖에 없다.

자연의 음악에 저절로 일치할 줄 아는 마음은 스스로가 그냥 자연이니, 낙엽과 그걸 바라보는 사람 또는 가을과 가을을 듣는 사람은 이미 구별할 수 없는 한 가락이어서 말이라는 매개물은 거추장스러운 게 되는 셈이다.

그런데도 나는 지금 가을이 어떻고 낙엽이 어떻고 얘기를 하고 있으니 계절의 뜻을 거스르고 있는 셈인데, 공연히 목소리가 커지지 않기를 바랄 따름이다.

나뭇잎이 떨어지는 가을에 느끼는 쓸쓸함은 그냥 내버려둘 수밖에 없는, 영원히 풍부한 상투성이지만, 떨어져서 길에 깔린 낙엽에서 내가 느끼는 건 쓸쓸함과 또 조금 달리 사치스러운 것으로서, 여간 호사스러운 게 아니다. 참나무나 벚나무 또는 단풍나무나 오리나무 잎이 깔린 숲길을 걸을 때마다 나는 제왕이 부럽지 않은데, 세상의 어떤 화려한 융단이 흙길 위에 깔린 낙엽과 감히 비교될 수 있을 것인가 하는 느낌에 겨워 호사스러운 기분에 취한 게 한두 번이 아니었다.

그러나 서울과 같은 도시에 사는 사람한테는 낙엽이 또 전혀 별난 국면을 계시하기도 한다. 우리가 그 속에서 사는 쓸쓸함의 풍부함과 낙엽 깔린 길의 호사스러움은 특히 도시인한테는 귀중한 자연의 은총이지만 다른 한편으로 낙엽은 공해에 시달리는 도시와 그 주민들의 시들어 떨어지는 운명을 보여주는 걸로 읽히기도 한다는 얘기이다.

도시라는 건 아스팔트로 뒤덮여 있으니 살아 있는 땅을 죽이고 죽은 땅 위에 세운 것이며, 자동차라는 사신(死神)이 넘치면서 공기를 죽이고 있으니 살자고 쉬는 숨에 죽음이 아울러 들락거리고 있는 셈이다. 그리하여 쓰리고 근질근질한 눈을 비비며 보는 낙엽은 인간의 만족할 줄 모르는 욕망이 만들어낸 문명이라는 야만에 의해 재촉되고 있는 생명의 조락(凋落)을 암시하는 것으로 비치기도 하는 것이다. 특히 정치와 경제활동에서 책임 있는 자리에 앉아 우리의 삶을 운영하는 사람들에게 하는 얘기지만, 어떤 일이 더 중요하고 먼저 해야 할 것인가 하는 선후 감각이 거의 마비되어 있는 게 아닌가 싶으니, 우리는 저 시커먼 매연층으로 포장된 죽은 공간 속에 서 있는 플라스틱 나무에서 떨어지고 있는 플라스틱 이파리들인지도 모른다는 죄송한 생각을 하게 되는 가을이기도 하다.

[1992]

빵을 가지러 가는 네 손을 낮추어라

물질도 어떤 시선 아래서는 다만
물건이기를 그치고 정신적인 빛을
발하기 시작한다. 아무리 하잘것없는
물건이라도 그렇다.

음식이 귀중하고 신성한 물건이라는 건 우리가 다 아는 사실인데, 그 까닭은 말할 것도 없이 그걸 먹어야 우리가 살기 때문이다. 그뿐만 아니라 음식을 먹는 모습도 경건한데, 특히 가난한 밥상일수록 더 경건하게 느껴진다. 배가 터지게 먹는다든지, 좋다는 건 다 먹는다든지 할 때는 음식도 그걸 먹는 사람도 신성할 게 없으나, 그야말로 일용할 양식을 먹는 모습, 식구가 둘러앉아 밥을 먹는다든지 노동자들이 점심을 먹는 모습들은 참으로 경건해 보인다.

그런데 음식이 귀한 물건이라는 게 너무도 당연한 일이어서겠지만, 평소에는 음식의 귀함을 별로 느끼지 않으면서 먹고살고 있는 게 보통이 아닌가 한다. 물론 먹을 때마다 그걸 느낄 수야 없겠지만, 그러한 느낌이 있느냐 없느냐 하는 것은 다만 음식에 한정되는 게 아니라 음식을 둘러싼 여러 다른 요인의 작용에 따르는 것이라고 할 수 있다.

예를 들어 오늘날의 생활수준이 옛날보다 나아졌기 때문에 음식 귀한 줄 모를 수도 있다. 옛날 우리 부모님이 방바닥에 떨어진 밥알을 주워 자시면서 음식 귀한 줄 알아야 한다는 말씀을 되풀이하시던 걸 우리는 기억하지만, 그러한 태도는 말할 것도 없이 음식에 대한 존중에서 나온 것인 한편 우리가 그때 가난했다는 걸 말해주는 것이기도 하다. 또 음식이 귀하게 느껴지는 경우를 생각해보자면, 넉넉지 못한 형편에 정성껏 잘 대접한다든지 할 때 대접을 하는 쪽이나 받는 쪽 모두가 음식을(또는 대접하는 쪽을 중심으로 말하자면 후의를) 귀하게 여기게 될 것이다. 또는 시장기 같은 생리적인 요인도 작용을 안 한다고 볼 수 없다. 되풀이하자면 음식의 귀함을 결정하는 것에는 음식을 둘러싼 여러 요인이 있다는 이야기이다.

음식의 귀함에 대해서 일찍이 고대 인도의 철학서인 『우파니샤드』가 말하고 있는 내용을 간단히 소개하면 이렇다.

나아라다라는 사람이 성자인 사나트쿠마르에게 자기한테 뭔가를 가르쳐달라고 한다. 성자는 "그대가 아는 것을 말하라. 그러면 그대가 모르는 것을 내가 말해주겠다"라고 한다. 나아라다는 자기가 인도의 경전들을 다 읽고 알며 문법, 의식, 수학, 천문학, 광물학, 논리학, 경제학, 물리학, 형이상학, 동물학, 정치학, 점성술, 예술 등을 알지만 그런 거야 기본적인 지식에 지나지 않는다면서 간청한다.

"저는 자아(self)를 모릅니다. 자아를 알면 슬픔을 넘어설 수 있다는 얘기를 스승들로부터 들었습니다. 저는 슬픔에 빠져 있습니다. 슬픔을 넘어서게 해주십시오."

성자는 그대가 아는 것은 다만 이름들[名目]일 뿐이라고 말하고, 나아라다는 다시 이름보다 위에 있는 게 뭐냐고 묻는다. 그 대답으로 '음식'이 나올 때까지 이어지는 두 사람의 대화를 아래에 소개한다.

사나트쿠마아르: 말은 이름보다 위다. 말을 통해서 우리는 경전들이나 문법이나 의식(儀式)을 이해할 뿐만 아니라 하늘·땅·바람·공기·물·불·인간·신·새·풀·나무·짐승·벌레·개미·옳은 것·그른 것·진실·허위·선·악·즐거움·괴로움 따위를 안다. 말하지 않고 어떻게 진·위, 선·악, 쾌·불쾌를 설명하겠는가. 말이 모든 걸 설명한다. 말을 숭배하라.

나아라다: 말보다 위인 것은 없습니까?

사나트쿠마아르: 마음이 말보다 위이다. 주먹은 두 개의 도토리, 두 개의 호두를 쥐고 있다. 마찬가지로 마음은 말과 이름을 갖고 있다. 마음이 경전 읽을 생각을 하면 그걸 읽는다. 뭔가 할 생각을 하면 한다. 아이들을 생각하고 소를 생각하면 그들을 원한다. 이 세상[現世]이나 다음 세상[來世]을 생각하면 그걸 원한다. 마음이 자아이다. 마음이 세계이다. 마음이 영(靈)이다. 마음을 존

중하라.

나아라다: 마음 위에는 뭐가 없습니까?

사나트쿠마아르: 의지(意志)가 마음보다 위이다. 사람이 의지하면 생각하고 말을 한다. 문장들은 말로 이루어지고 행동은 생각으로 이루어진다. 모든 게 의지에 기초해 있다. 모든 게 의지 속에서 산다. 하늘과 땅은 의지하고 바람과 공기도 의지하며 물과 빛도 의지한다. 물과 빛이 의지하기 때문에 비도 의지한다. 비가 의지하기 때문에 양식(糧食)도 의지한다. 양식이 의지하기 때문에 비는 의지한다. 양식이 의지하기 때문에 생명은 의지한다. 생명이 의지하기 때문에 말은 의지한다. 말이 의지하기 때문에 행동은 의지한다. 행동이 의지하기 때문에 세계는 의지한다. 세계가 의지하기 때문에 모든 게 의지한다. 의지란 그런 것이다. 의지를 숭앙하라.

나아라다: 의지 위에는 뭐가 있습니까?

사나트쿠마아르: 마음의 본바탕(근본)이 의지보다 위이다. 마음의 근본 바탕이 자극을 받으면 사람은 의지하고 생각하고 말한다. 문장은 이름들로 이루어지고 행동은 생각들로 이루어진다. 이모든 것이 마음의 본바탕에 기초해 있다. 그것들이 마음 바탕을 이루며, 바탕(본체) 속에서 산다. 사람은 이름들을 알 수 있지만 그바탕이 없으면 그 자신도 없다. 아무리 배운 게 없더라도 본바탕이 있으면 모든 사람이 그의 말에 귀를 기울인다. 그러므로 본바탕이 모든 것의 거처이다. 그 본바탕이 자아이며 반석이다. 마음의 본바탕을 숭앙하라.

나라라다: 그 본체보다 위에 있는 건 없습니까?

사나트쿠마아르: 명상이 본체 위에 있다. 땅·하늘·천체·물·산·인간·신은 명상한다. 위대한 것 중 가장 위대한 것이 명상에서 나온다. 소인은 싸우고 속이고 비난한다. 대인은 명상하며, 명상이 가져오는 위대함을 즐긴다.

나라라다: 명상보다 위에 있는 건 없습니까?

사나트쿠마아르: 지혜가 명상보다 위이다. 지혜를 통해서 우리는 경전과 역사, 전통과 문법, 의식과 다른 과학들을 알고 모든 사물을 안다. 지혜를 숭앙하라.

나라라다: 지혜 위에는 없습니까?

사나트쿠마아르: 힘이 지혜보다 위이다. 강력한 사람 하나가 현자 백 사람을 겁먹게 한다. 사람이 강력해지면 그는 융성한다. 융성하면서 그는 봉사한다. 봉사하면서 그는 현자와 관련을 맺는다. 현자의 자문을 받아 그는 보고 듣고 생각하고 알고 행동하며, 그리하여 현명해진다. 힘을 통해서 우리는 지구·하늘·천체·산·인간·신·소·풀·나무·짐승·벌레·곤충과 개미들의 주인이다. 힘을 숭앙하라.

나라라다: 힘보다 위에는 뭐가 있나요?

사나트쿠마아르: 음식이 힘보다 위이다. 사람이 열흘만 굶으면 비록 살아 있다고 하더라도 볼 수 없고, 들을 수 없고, 생각·분별·행동할 수 없고 알 수 없다. 그가 먹으면 그는 보게 되고, 듣게 되고, 생각·분별·행동하게 되고, 알게 된다. 음식을 숭앙하라.

빵을 가지러 가는 네 손을 낮추어라

―『열 편의 주요 우파니샤드(The Ten Principal Upanishads)』

(Shree Purohit Swami & W. B. Yeats 영역)

음식이 나올 때까지 좀 길게 소개한 셈인데, 음식에 이르는 동안 우리는 뭔가 배운 바 있음을 느낄 수 있으며 또 음식이 얼마나 귀중한 것인가를 다시 깨닫게 되었다(음식보다 위에 있는 것으로는 물·빛·공기·기억·희망·생명 등이 있음을 참고로 적어둔다).

음식을 한다는 것은 생명을 키우고 가꾸는 걸 뜻한다. 그러니까 음식을 한다는 건 신성한 일이며 사랑의 행위에 다름 아니다. 다시 말하면 음식을 하는 일 자체가 사람을 사랑하는 일에 다름 아니며, 음식을 잘한다는 것은 사랑을 잘한다는 말에 다름 아니다. 그런데 음식은 부엌에서 만든다. 부엌을 성역(聖域)이라고 부를 수 있는 까닭이 거기에 있다.

많은 사람에게 부엌은 다만 음식을 만드는 곳, 음식을 하기 위해서 쓰는 장소에 지나지 않을 것이다. 말하자면 부엌은 유용성의 차원 속에 잊혀 있다. 그렇다면 부엌이라는 공간에 무슨 미적 차원이나 철학적 차원이 있다는 말인가.

사람을 다른 동물과 구별해주는 것은 사람이 사물에 대해 반성하고 성찰한다는 점일 것이다. 우리는 밥을 먹으면서 때때로 밥에 대해 성찰하고, 집에 살면서 집에 대해 생각하며, 잠을 자면서 잠에 대해 생각한다. 다시 말하면 사물의 의미를 찾아내고 사물에 의미를 부여한다. 밥을 다만 먹기만 하고 집에 다만 살기만 한다면 사람의 값이나 삶의 가치는 한결 보잘것없는 게 될 것이다. 사람은 먹으면서 먹는 데 대해 생각하고, 일하면서 일하는 데 대해 생각하며, 놀면서 노는 데 대해 성찰한다. 이것이 사람의 정신 활동이며, 여기서 예술이 나오고 철학이 나온다.

부엌에 대해서도 그렇다. 물론 직업이나 관심에 따라 다르게 생각되는 것이어서, 건축가는 부엌을 설계하고 경제학자는 건축비와 다른 물가와의 관계라든지 아니면 부엌에 있는 식료품의 값과 경제구조 같은 것에 대해 생각하기 쉽다. 그런데 부엌을 꿈꾸어본다고 할까 몽상을 해보면 부엌은 한결 다른 모습으로 나타난다. 다시 말해서 부엌에 있는 음식들과 물건들이 생명을 얻기 시작해서 살아나며, 그만큼 뜻깊은 모습을 띠게 된다.

부엌에는 우선 불이 있다. 불은, 몽상 속에서는 꺼지는 법이 없이 항상 타오르고 있는데, 이 불은 말할 것도 없이 음식을 익히고 병균을 죽이는 것이다. 그런데 음식을 끓이고 익히고 하는 것은 자기가 먹기 위해서라기보다는 남(식구나 다른 사람들)을 위한 것이다. 이미 오랫동안 습관이 되고 생활이 되었으므로 부엌의 불꽃이나 음식 준비에 대해 의식적으로 생각하지 않게 되었지만, 따지고 보면 부엌의 불은 사랑의 불꽃이라고 할수 있다. 부엌을 애타주의의 산실이라고 할 수 있는 까닭은 그런 데 있다. 또 물만 해도 그렇다. 물은 식품을 씻고, 음식을 만들고, 그릇을 씻는 데 필요하다. 애초에 물 없이는 어떤 생명이든지 살 수 없지만, 부엌에서의 쓰임새 역시 생명을 보존하고 키우는 데 있다. 모든 걸 깨끗이 씻는 물, 부드러운 물은 그 물을 쓰는 사람의 마음과 상응하는 것이라고 할 수 있다. 부엌은 그리하여 사랑과 희생과 생명의 공간이라고 할 수 있다.

부엌이 얼마나 뜻깊은 공간인지를 알려주는 작품으로 1945년 노벨문학상을 받은 칠레의 시인 가브리엘라 미스트랄(Gabriela Mistral)의 「집」이라는 시가 있다. 우선 첫 연을 읽어본다.

상이 차려졌다, 아들아
크림의 고요한 흰색과 함께.
그리고 네 벽에는 질그릇들이
푸른빛을 내며 반짝이고 있다.
여기 소금이 있고, 기름은 여기
가운데는 거의 말을 하고 있는 빵.
빵의 금빛보다 더 아름다운 금빛은
대나무나 과일엔 없으니,
그 밀 냄새와 오븐은
끝없는 기쁨을 준다.
굳은 손가락과 부드러운 손바닥으로
우리는 더불어 빵을 쪼갠다, 귀여운 애야.
검은 땅이 흰 꽃을 피워내는 걸

네가 놀라운 눈으로 보고 있는 동안.

  한 섬세한 시인의 눈길이 닿자마자 음식들과 물건들은 살아 나고 빛을 발하기 시작한다. 예컨대 크림의 흰색은 "고요한" 것 이 되며, 빵이 관조의 대상이 될 때 그것은 다만 배고플 때 먹는 물건이기를 그치고 "아름다운" 것이 된다. 즉 뜻깊은 빛깔, 뜻 깊은 물건이 된다. 그리고 빵에서 나는 밀 냄새와 그걸 굽는 오 븐은 "끝없는 기쁨을 준다". 우리는 대체로 빵을 먹을 줄만 알 고 오븐을 사용할 줄만 알지 거기서 "끝없는 기쁨"을 느끼기 어 렵다. 시인을 통해서 사물은 새로 태어나는 것이다. 즉 시인은 사물을 창조한다. 그것을 우리는 마지막 두 줄에서도 볼 수 있 다. 구워서 겉이 검게 탄 빵을 쪼개자 하얀 속이 드러나는 걸 보 고 "검은 땅이 흰 꽃을 피워"낸다고 노래한다. 빵은 마침내 꽃 이 되는 것이다. 다음 두번째 연.

    빵을 가지러 가는 네 손을 낮추어라
    네 엄마가 자기의 손을 낮추듯이.
    아들아, 밀은 공기로 된 것이고
    햇빛과 괭이로 된 것이란다;
    그러나 이 빵, '신의 얼굴'이라고 불리는 이 빵은
    모든 식탁에 놓여 있는 게 아니다.
    그리고 다른 애들이 그걸 갖지 못했다면

아들아, 그걸 건드리지 않는 게 좋고,

부끄러운 손으로

너는 그걸 가져가지 않는 게 좋다.

앞에서 우리는 음식이 신성한 것이라는 이야기를 했지만, 칠레에서는 빵을 "신의 얼굴"이라고 부를 정도로 귀중한 의미를 부여하고 있다. 그래서 빵을 가지러 가는 손을 낮추라고 한다. 그런데 손을 낮추라고 하는 것은 빵을 못 먹는 사람들이 있기 때문이기도 하다. 못 먹는 사람이 있는데 나 혼자 먹는 것은 부끄러운 일이기 때문에 아예 빵을 건드리지도 말라고 한다. 그러니까 빵을 가지러 가는 손을 낮춰야 하는 까닭은 두 가지이다. 첫째는 빵을 만드는 밀이 하늘(공기와 햇빛)에서 주신 것이요 노동(괭이)을 통해서 얻은 것이기 때문이며, 둘째는 빵이 없는 사람을 생각해야 하기 때문이다.

그리하여 마지막 연에서는 '굶주림'이 우리 집으로 들어와 빵을 먹고 잠들도록 문을 열어놓은 채 빵을 먹지 말고 놓아둘 일이라고 이야기한다.

아들아, 굶주림은 그 찌푸린 얼굴로

타작하지 않은 밀을 휩싸며 회오리친다.

그들은 찾지만, 서로 발견하지 못한다.

빵과 곱사등이 굶주림은.

그러니 그가 지금 들어오기만 하면 발견하는 것이니,

우리는 이 빵을 내일까지 먹지 말고 놔둘 일이다.

케추아 인디언은 닫는 법이 없는

문을 타오르는 불로 표시하고,

그리고 굶주림이 몸과 영혼이 잠들 때까지

먹는 걸 볼 일이다.

가브리엘라는 가난한 아이들을 위해서 일생을 바친 교육자로서도 남미 여러 나라에서 추앙받고 있는 시인이지만, 위 작품의 빵은 '가브리엘라의 빵'이라고 할 만하게 아름다운 모습으로 빛나고 있으며 사랑의 상징으로 높여져 있다.

다시 한번, 빵 한 덩어리도 보는 눈에 따라서는 다만 먹어야 할 물건이요 더 많이 가져야 할 물건이 아니라, 사상의 원천이며 사랑의 원천으로 변모하기도 한다. 사물을 보는 마음에 따라, 관찰하는 각도에 따라 사물의 가능성은 무한히 열려 있는 것이라고 할 수 있다. 물질도 어떤 시선 아래서는 다만 물건이기를 그치고 정신적인 빛을 발하기 시작한다. 아무리 하잘것없는 물건이라도 그렇다.

음식이나 부엌에 있는 물건들, 그리고 부엌이라는 공간이 성찰의 대상이 되고 관조의 대상이 될 때 음식의 형이상학이나 부엌의 형이상학은 가능해진다. 그리고 사물을 다만 사용가치로만 볼 때 우리의 삶은 황폐해질 수밖에 없다. 예컨대 음식을 먹되 아울러 음식에 대해서 철학(생각)한다면 사람의 삶은 한결 높아지게 된다. 음식이 육체의 양식이라면 음식에 대해 성찰하는 일은 마음의 양식이라고 할 수 있다. 그리고 육체가 먹어야 살듯이 정신도 먹어야 사는 것이다.

[1978]

신은 자라고 있다
—가이아 명상

> 시인들은 이제 '가이아 명상'이라고
> 내가 이름 붙여본 그러한 우주에서
> 노닐 필요가 있다. 느낌의 우주라고
> 해도 좋고 감정의 공간이라고 해도
> 좋으며 섬세하고 광활한 앎이라고
> 해도 좋다.

1

인간은 만물과 더불어 인간이며, 더구나 시인은 만물과 더불어 시인이다. 이것은 나무가 땅에 뿌리를 내리고 지렁이가 땅을 기어가는 것처럼 에누리 없는 필연성이다.

이 필연성은, 시인에 한정해서 말해보자면, 시인 안에 초점을 두고 생각해볼 수도 있고 시인의 바깥 세계와 함께 퍼져 나가면서 생각해볼 수도 있다. 가령 어린 시절의 자연 체험이 시인의 체질이나 영혼의 생명력(탄력)의 원천이라는 점에 대해 얘기하는 것은 안쪽에 초점이 있는 것일 터이고, 또 요즘의 생태학적 관심과 더불어 인간 이외의 생물에 대해 민감하고 진지한 관심을 갖는 쪽으로 얘기하는 것은 시인의 바깥과 관련해서 생각해보는 게 될 터이다. 그러나 다른 생물이나 사물을 향해 움직이는 시인의 촉각의 성능은 결국 시인 안으로부터 나오는 것이니, 안팎을 구별하는 것이 실은 의미 없는 일이라고 해야겠다.

어떻든지 간에 시인은 만물과 더불어 시인이라는 말이 함축하는 뜻 중에서 우선 얘기하고 싶은 것은 시인이, 생물권(生物圈) 안에서의 인간중심주의나 인간우월주의와 결별하는 첫번째 사람이어야 한다는 것이다. 아니 결별이 아니라, 참된 시인이라면, 타고나기를 다른 생물들과 인간 사이에 아무 차이를 느끼지 못한다고 말해도 좋으리라.

차이가 없을 뿐만 아니라 인간이 다른 생물만 못한 경우가 허다하다. 사람이 할 수 없는 힘든 일을 하다가 잡아먹히는 소보다 인간이 나을 게 뭐가 있으며, 낫기는커녕 인간의 필요가 낳은 살해 행위 앞에서 아무런 방비도 없는(그리고 물론 인간을 위해서 깡그리 좋은 일만 하는) 그 동물을, 정상적인 방법으로 죽이는 것도 아니고 발목을 분질러서 자동차 뒤에 매달아 땅바닥에 끌고 한참 돌아다니다가 물을 먹여 잡는 지경에 이르러서는 인간이 소보다 훨씬 더 보잘것없는 동물임이 명백한 것이다. 예를 들자면 한이 없겠는데, 우리가 그동안 보고 들은 인간의 인간에 대한 잔혹함과 범죄 행위들을 상기해보는 것으로 충분할는지 모른다.

또 좀 다른 시각에서 본 재미있는 얘기가 있는데 『가이아』라는 책에서 저자 J. E. 러브록이 들려주는 말이다. 가이아(Gaia : 물리적·화학적 환경을 스스로 조절함으로써 지구를 건강하게 유지하는 능력이 있는 자기 조정적 실체로서의 생물권) 단위로 볼 때, 인간이 하는 일이란 우리가 대수롭지 않게 여기는 미생물의 역할과 같을 따름이다. 산소도 너무 많으면 생물이 살 수가 없는데, 이 산소의 양을 조절하는 것으로 알려진 게 메탄가스이다. 혐기성 미생물들이 만들어내는 메탄가스가 대기 중으로 방출되는 것이 어떤 의미를 지니는지 아직은 정확히 밝혀지지 않았지만, 산소 농도 조절에 매우 중요하다고 한다. 그런데 혐기성 미생물들은 바다 밑바닥에만 사는 게 아니라 우리의 내장과 다른 동물들의 내장 속에서도 살고 있다. 어떤 학자는 대기 중에 있는 거의 모든 메탄가스는 어쩌면 전적으로 동물의 내장에서 만들어졌을지도 모른다고 말한다. 그러니까 우리 인간이 방귀를 통해 이 생기발랄한 가이아 시스템에서 아주 비천한 기능을 수행하고 있는 존재임을 알게 해주는 러브록의 이야기는 우리로 하여금 서글픈 느낌에 잠기게 한다(러브록이 얘기하는 가이아론은, 가령 불교에서 얘기하는 만물 평등이나 범신론의 '사상' '느낌' 따위들의 과학적인 근거를 보여준다는 점에서, 다시 말해 비교적 막연했던 생각들에 현장 답사를 통한 사실성을 부여함으로써 우리의 세계관, 즉 사물에 대한 태도에 큰 변화를 가져올 것으로 생각된다).

그러니까 인간이라는 동물이 생물권의 다른 생물에 비해 크

게 잘났다고 할 것이 없으며(아마 잘났다 못났다 하는 건 인간만
이 가진 누추한 편견일는지 모른다. 그런 편견이 있다는 점에서도 다
른 생물에 비해 못난 것이라고 해야 하리라) 실제로 어떤 능력에서,
그리고 다른 존재들에게 베푸는 바에서 훨씬 못한 경우가 많
다. 가령 나는 나무나 새에 대해 늘 찬탄하면서 살고 있는데 바
로 그들의 능력과 베푸는 바와 생김새 때문에 그렇다. 매년 봄
이면 되살아나는 나무나 하늘을 나는 새를 보면서 나는 열등감
과 함께 한없는 감동과 찬탄에 잠긴다. 나무들은 인간과 다른
생물들한테 산소를 공급하여 그들을 살리고 또 그늘을 주는데,
나(인간)는 과연 다른 생명들이 사는 데 없어서는 안 될 무엇
을 그들에게 주고 있는가. 새들도 먹고 배설하는 과정을 통해
서 생물권의 화학적·생물학적 과정에 나름대로 중요한 기여를
하겠지만, 우리 인간한테도 아주 중요한 걸 베푼다. 다름 아니
라 정신적인 차원에서의 일을 우선 말할 수 있는데, 만일 새들
이 없었다면 인간이 어떻게 낢(비상)과 가벼움에 대한 관념과
이미지를 얻을 수 있었을 것이며 그리하여 상상력과 정신의 탄
력을 기약할 수 있었을 것인가. 비행기와 같은 과학적 발명은
별문제라 치더라도, 우리가 땅의 일에 골몰하다 보니 시시각각
못 느껴서 그렇지 새한테서 얻은 건 중요하고도 큰 것이라고
할 만하다. 또 탄력의 원천으로 말하자면 나무도 새에 못지않
다. 뿌리는 땅에 박되 줄기는 하늘을 향해서 올라가며 공중에
다 잎과 꽃을 피우는 나무는 바로 탄력 자체가 아니고 무엇이

겠는가. 그리고 나무와 새는 그 생김새와 색깔로 우리 눈을 얼마나 즐겁게 해주는가. 새와 나무는 모두 둥근데, 둥근 건 알다시피 형태 중에 제일 완전한 것이며 생명의 모습이다. 그러니, 서툰 노래이나마, 나는 '숲에서'라는 제목 아래 이렇게 노래하지 않을 수 없었다.

1
만물 중에 제일 잘생긴
나무야
내 뇌수도 심장도 인제
초록이다
거기 큰 핏줄과 실핏줄들은
새소리의 샘이며
날개의 보금자리!
(지저귀는 실핏줄이여
날으는 큰 핏줄이여)

2
내 필생의 꿈은
저 새들 중 암놈과 잠을 자
위는 새요 아래는 사람인
반인반조(半人半鳥) 하나 낳는 일!

신은 자라고 있다

새여, 내 부적이여

나무여, 내 부적이여

—「숲에서」전문

수많은 생물 중 두 가지 예에 불과한 새와 나무의 미덕과 능력, 그리고 아름다움에 비추어 뭐 대단할 게 없는데도 그동안 사람들은 스스로를 만물의 영장으로 높여놓고 다른 생물들을 함부로 대하기도 하였다.

물론 나는 인간을 깎아내리고 싶은 생각은 별로 없다. 다만 인간이 다른 생물에 비해 스스로를 너무 과대평가하고 미화해왔기 때문에, 그리고 그렇게 한 나머지 다른 생물들에 대해 오만한 폭력자 노릇을 해왔기 때문에, 사람의 실상과 다른 생물들의 실상을 밝게 보아 가이아 안에서의 인간의 자리와 마땅한 태도에 대해 생각해보려는 것뿐이다.

인간은 그동안 자신의 위대성을 끊임없이 강조하고 확인하고 스스로 세뇌해왔기 때문에 그것에 대해 더 말할 필요가 없겠지만, 가이아를 파괴하는 데 쓰이기도 하는 과학기술은 인간의 위대성을 강조할 때 항상 들먹여지는 품목 중 하나이다. 아닌 게 아니라 과학기술 덕분에 가이아는 스스로의 얼굴을 보게 되었다. 인공위성이 찍은 대기권을 포함한 지구의 모습이 그것이다. 인간의 정보 통신 기술의 발달과 함께 가이아는, 러브록의 표현을 빌려, '가이아의 지각 능력'을 극명하게 증가시키고 있다는 것이다. 즉 가이아가 스스로를 꿰뚫어 보게 되었다는 것이다. 쉽게 말해서 우리는 인공위성이 찍은 사진을 통해 오존층의 파괴라든지 바다나 땅의 오염 정도라든지 지하자원의 분포 따위를 한눈에 본다. 그러니 가이아가 자기 스스로를 아는 능력이 엄청나게 높아졌다는 것이다. 그리고 그럼으로써 가이아의 일부인 인간도 새로운 깨달음을 얻게 되었으니

우리 인간들이 느끼는 경탄과 쾌락, 우리들의 의식적 사고와 사색, 우리들이 갖는 끊임없는 호기심과 욕망은 더 이상 우리들 자신의 것만이 아니다. 아마도 그것들은 우리들이 가이아와 함께 공유하는 것이리라. 그러니 이러한 가이아와 인간의 상호 관계는 아직까지 완전할 정도로 확립된 것은 아니다. **아직까지 인간은 진정한 생활을 하는 종족이 아니다.** 또 아직까지 생물의 필수적 부분으로 간주될 수 있을 만큼 잘 길들여진 존재도 아니다. **인간은 아직까지 개별적 생활을 선호하는 그러한 생물로 남아 있는 셈이다.** 그런데 이제부터는 인간의 운명은 가이아에 길들여지도록 되어 있으며, 그렇게 됨으로써 인류가 가진 종족주의와 국가주의의 공격적 탐욕적 파괴적 욕망은 가이아를 구성하는 모든 생물들의 복지에 부속하는 의무적 충동에 융합될 수 있을 것이다. 이것은 어쩌면 인간의 자연에 대한 항복으로 여길 수도 있으리라. 그러나 나는 **우리들이 우리 자신들보다 훨씬 커다란 실체의 한 역동적 부분**이라는 것을 깨달음으로써 얻는 행복과 만족의 감정이 인간의 자존심

신은 자라고 있다

을 잃는 손실을 충분히 보상하고도 남는다고 믿어 마지않는다.

——『가이아——생명체로서의 지구』

(홍욱희 옮김, 범양사출판부, 1990, 강조는 필자)

는 것이다. 인간이 자연의 자식이요 그 일부라는 건 그야말로 낡은 지식이고, 또 인간과 다른 생물들(자연)이 공생 관계에 있고 생명체의 탄생과 죽음을 포함한 천재지변 등 일체 자연의 움직임이 우리보다 더 큰 실체인 가이아의 자기 조정 행위라는 짐작을 우리는 할 수 있지만, 위의 인용에서 보듯 화학이나 생물학, 생태학이나 환경공학 같은 학문들이 전해주는 관찰은 우리의 철학적 사고에 아주 구체적이고 실감 나는 조명을 해준다고 하지 않을 수 없다. 사실 구체적인 사물과 생명체가 빠진 철학이 무슨 소용이 있을까 하는 데 생각이 미치면 물질(자연)의 구조와 운동과 변화 및 그것이 전 생물권의 운영에 미치는 영향을 생각하는 학문들이 새로운 정신과학의 참된 출발점이 될 수도 있다는 가능성에 대해 진지하게 관심을 가져야 하지 않을까 하는 생각도 든다.

그 점은 문학 하는 사람들도 마찬가지다. 나·가족·사회집단·계급·국가 따위 단어들의 자기현시와 생존과 이익에만 골몰하고 그 성취를 위해서는 폭력을 서슴지 않으며 성취했다 싶으면 그걸로 만사가 끝났다는 듯이 만족하고 마는 그런 수준의 생각과 활동을 넘어서 자기를 넓고 깊게 열어가는 데 인색할 필요가 없을 것 같다.

앞에서 잠깐 비쳤듯이 사람은 만물과 더불어 사람이고 시인은 더더구나 만물과 더불어 시인이다. 시인들은 이제 '가이아 명상'이라고 내가 이름 붙여본 그러한 느낌의 우주에서 노닐 필요가 있다. 느낌의 우주라고 해도 좋고 감정의 공간이라고 해도 좋으며 섬세하고도 광활한 앎이라고 해도 좋다. 가이아 명상은 천지를 꿰는데, 미생물에서부터 인간에 이르기까지 전 생명권으로 퍼져 나가는 생기 있고 탄력적이며 온당하고 착한 움직임이다. 동시에 다차원적으로 움직이는 고요하면서도 역동적인 영혼. 모든 생명현상을 향해서 퍼져 나가는 슬프고 기쁜 마음. 참되고 착한 움직임(가이아 명상은 그러니까 생명권에 관한 명상이기도 하고 생명권이 하는 명상이기도 하며 그중의 일부인 우리 마음의 움직임이기도 하다. 그러니까 내가 가이아 명상에 잠길 때 세균이나 메뚜기, 풀 같은 것들도 명상에 잠기며, 내가 움직일 때 만물이 더불어 움직인다는 느낌을 생각해도 좋다).

2

인공위성 덕분에 가이아가 자신의 얼굴을 환히 볼 수 있게 됐다는 것, 다시 말해서 과학기술 덕분에 가이아의 지각 능력이 증대됐다는 사실을 우리는 알고 있지만, 그러한 통신 기술이 발달하기 전부터 오늘날까지 가이아의 지각 능력을 증대시

키는 데 기여해온 사람들이 있으니 넓게는 예술가요, 좁게는
시인이다. 시인 중에는 특히 사물의 전체와 깊이를 보아내는
성능 좋은 상상력과 더듬이를 갖고 있어서 생명과 세계의 신비
를 문득 그리고 비밀스럽게 드러내 보여주는 사람이 있다. 예
컨대 20세기의 한 뮤즈 릴케가 그런 시인이다. 그의 『기도하는
시간을 위한 책』의 아홉번째 작품을 옮겨본다.

> **한 사람이** 그다지도 당신 갖기를 바라니,
> 우리 모두가 당신을 원할 수 있다는 걸 나는 알아요
> 우리가 모든 깊이를 우리들로부터 내버릴 때조차도:
> 어떤 산에 금이 묻혀 있는데
> 아무도 그걸 더는 파내지 못하게 돼 있다고 해보지요:
>
> 물이 그걸 드러낼 거예요, 돌의
> 침묵에 닿는 물이,
> 그게 바라는 바를 해내요.
>
> 우리가 우리 의지를 쓰지 않을 때조차도
>
> **신(神)은 자라고 있습니다.**

좀 급한 느낌이 있는 대로 우리의 얘기를 위해서 우선 말해

보자면, 마지막 줄의 신을 가이아라고 해도 좋으리라. "신은 자라고 있습니다"라는 구절은 아주 유명한 구절이지만, "우리가 우리 의지를 쓰지 않을 때조차도" 신은 자라고 있다는 얘기는 가이아의 자기 조정 능력에 대한 통찰이라고 해도 좋고 생물권의 저 무한한 생명체들의 무의식적 공생 과정에 대한 시적 표현이라고 해도 좋다. 그리고 그러한 생명 활동의 절묘한 자동성과 무의식성은 이미 우리의 의지와 의식을 뛰어넘어 있는 것이 아닐 수 없다.

그런데 그러한 숨겨진 움직임을 느끼고 보아내는 것이 작품 중의 물과 같은 시인의 촉각이다. 아무도 더는 파내지 못하게 돼 있는 "돌의/침묵에 닿는 물"과 같은 성능을 갖고 있는 촉각, 두루 미치지 않는 데가 없이 스며드는 물과 같은 삼투력을 갖고 있는 눈이 가이아의 전 생명 과정을 보아내는 것이다. 그래서 인공위성의 카메라 렌즈가 보여주기 전에 시인의 더듬이가 잡은 가이아의 얼굴은 '자라고 있는 신'이다. 우리가 신이라고 부르는 건 그러니까 곰팡이나 세균 등 미생물에서부터 온갖 식물, 동물, 광물을 거쳐 불과 바람 등 무기물에 이르기까지를 아우르는 그 총화에 다름 아니다. 따라서 아무리 보잘것없는 것이라고 하더라도 모든 것 속에는 신이 깃들어 있으며 우리가 그들을 어떻게 대할 것인가를 생각해야 하는 까닭도 그런 데 있다.

아마도 신이란 무슨 고정된 존재라기보다는 전 생명 과정이 항상 균형을 유지하도록 하는 어떤 힘, 자생력의 비밀을 쥐고 있는 어떤 신비한 움직임을 가리키는 말일 수 있을 텐데, 바로 그러한 숨은 계획(힘·움직임)이 시 앞부분의 "당신"이라고 가정한다면, "한 사람"이란 그 당신 갖기를 "그다지도" 바라는 모든 사람이라고 해도 좋을 터이다. 그 간절함 때문에, 한 사람의 바람은 "돌의/침묵에 닿는 물"처럼 모든 사람의 마음에 닿아 그 속에 있는 금이 스스로 드러나도록 하고, 신은 자라게 된다.

오늘의 용어를 써서 가이아의 숨결을 이렇게 섬세하게 느끼는 시인을 왜 앞에서 얘기한 힘—전 생명 과정의 균형과 자생력을 기약하는 신비한 움직임의 한 현현이라고 말하지 않겠는가.

한편 시인이 만물과 더불어 시인이라고 할 때, 그것은 기대와 권유의 말이기도 하지만 좋은 시인의 생리에 다름 아니라는 점을, 자기가 보는 모든 것에 대한 감동, 찬탄하는 시성(詩聖) 휘트먼에게서 읽을 수 있다. 「기적들」이라는 작품을 옮겨본다.

왜, 누가 기적을 중히 여기는가?
나한테는 모두 기적이 아닌 게 없다.
맨해튼 거리를 걸어가거나,
하늘을 향해 있는 지붕들에 눈길을 던지거나,
또는 맨발을 물에 적시며 바닷가를 걸어가거나
숲에서 나무 아래 서 있거나,
낮에는 내가 사랑하는 누구와도 이야기하고, 밤에는 또 내가 사

랑하는 그 누구하고 잠을 자거나 간에,

또 저녁 식탁에 편안히 앉아 있거나,

차 속에서 내 맞은편에 앉은 낯선 사람을 바라보거나,

여름날 오전 벌통 근처에서 바쁜 벌들을 바라보거나,

들에서 풀을 뜯는 동물들이나,

새들이나, 또는 공중에 날아다니는 곤충들의 놀라움.

일몰의 훌륭함. 그다지도 고요하고 밝게 빛나는 별들.

또는 봄날 초승달의 기막히게 정교한 가는 곡선:

이러한 것들이 온통 내게는 기적들이다

모두가 관계되면서, 또 서로 다르고 각자의 자리를 차지하고 있는

그것들이.

내게는 밝을 때와 어두울 때의 모든 시간이 하나의 기적이다.

1입방인치의 모든 공간이 기적이며,

지표(地表)의 매 평방야드는 똑같이 펼쳐져 있고,

그 안쪽의 매 피트는 또한 똑같이 차 있다.

나에게 바다는 연속적인 기적이다.

헤엄치는 물고기들—바위들—파도의 움직임—사람들이 타고 있는 배들,

참으로 희한한 기적들이 아닌가?

—「기적들」전문

신은 자라고 있다

휘트먼은 가령 릴케 같은 시인하고 체질이 아주 다른 시인이어서 작품에 대한 해석이 따로 필요치 않은 경우가 많다. 읽으면 그냥 무슨 말인지 알 수 있는데, '기적'이라는 말은 말할 것도 없이 땅과 물과 하늘을 포함한 전 생명권의 생물과 무생물에 대한 시인의 경이와 애정의 정도를 나타내고 있는 말이며, 그러한 단순한 진술이 우리를 즐겁게 하는 이유는, 그 경탄 속에 드러나는 것들에서 우리는 시인의 육체의 연장을 느낄 수 있다고 할까, 감정의 과장이 아닌 육화를 느낄 수 있기 때문이다. 사실 모든 걸 '기적'으로 느끼는 시인이야말로 또한 기적이 아니고 무엇이랴.

위의 두 시인이 노래하는 방식은 서로 다르지만 그 마음은 같은 것이어서 모두 앞에서 말한 '가이아 명상'의 표본이라는 점에는 다름이 없다. 그리고 시의 그러한 모습은 원래 시의 시됨이 제일 중요한 면이지만, 오늘날에는 더욱더 강조되어 마땅한 미덕이라고 하겠다.

3

이 글을 쓰고 있는데 바깥에서 매미 소리가, 도시 사람한테는 그야말로 은총처럼, 쟁쟁하게 귀를 채우면서 세상을 평정하고 있다. 매미 소리 없이도 여름은 오고 또 간다고 말하는 사람은 아주 무딘 사람이다. 매미 소리는 지금 우주를 수렴하고 있고 우주의 중심은 매미 소리이다.

그 매미 소리의 융단폭격 아래로 고양이가 한 마리 지나간다. 고양이가 지나가지 않아도 지구는 돌아간다고 말하는 사람은 아무것도 모르는 사람이다. 이번에는 고양이의 조용하고 한가한 움직임 속에 우주가 수렴되고 그게 움직이는 데 따라 우주의 중심이 이동한다.

우주의 중심은 많고 많다.

[1990]

내 인생의 책들

책을 들여다보고 있는 얼굴은 두
배로 환한데, 그 까닭은 책 속에 들어
있는 꿈, 곧 바깥에서 오는 에너지와
독자가 읽으면서 꾸는 꿈, 곧 안에서
나오는 에너지가 상승작용을 하기
때문이다.

　내 인생의 책들을 돌이켜보자니까, 과거를 향한 몽상의 연금
술에 따라 펼쳐져 있는 책이, 종이로 만들어진 물건이 아니라
무슨 발광체로서 환하게 빛을 내고 있고, 그걸 들여다보고 있
는 한 젊은이의 얼굴도 그 빛을 받아, 지나치게 심각한 기색이
없지 않으나 환하게 떠오른다.

　사실 펼쳐져 있는 책이 어둡거나 깜깜한 일은 결코 없다. 그
까닭은 열려 있는 책을 그린 그림이나 찍은 사진 들이 한결같
이 그 책을 조명하고 있기 때문이기도 하고, 책에 부여한 정신
적 가치에 따라 우리의 생각이 길들여짐으로써 책은 빛나지 않
으면 안 되는 것이 되었기 때문이기도 하다.

어떻든 책을 들여다보고 있는 얼굴은 두 배로 환한데, 그 까닭은 책 속에 들어 있는 꿈, 곧 바깥에서 오는 에너지와 독자가 읽으면서 꾸는 꿈, 곧 안에서 나오는 에너지가 상승작용을 하기 때문이다(그렇다면 똑같은 이유로 책도 독자를 만나서 두 배로 빛난다는 건 짐작하기 어렵지 않다). 우리 옛날이 가난하고 고달팠다고 하더라도, 그리하여 우리의 실제 안색이 영양부족으로 누렇게 떴다고 하더라도, 책의 조명, 꿈의 수혈, 새 발자국 같은 활자의 양분으로 우리 얼굴이 환할 때도 있었다는 것을 지금의 내 몽상은 잘 보여주고 있다.

구슬이 서 말이라도 꿰어야 보배라고, 그동안 내가 읽은 책 이름을 나열하는 건 의미가 없을 듯해서, 읽은 책들 중에서 각별히 기억에 남는다든지 좋아했다든지 하는 책 몇 권을 떠올리면서 생각해보니까 공통점이 하나 있는데, 다름 아니라 남달리 아주 독자적으로 생각했던 사람들, 다시 말해 스스로가 새로운 시작이고자 했던 사람들이 쓴 것이라는 점이다.

그렇다고 하는 것은 그들이 삶의 자연스러운 진행을 가로막고 왜곡하는 힘들에 저항적이었다는 것, 다시 말해 대부분 타성적으로 순응하면서 살고 있는 어떤 지배적인 가치들에 의문을 제기하며 전복하려 했다는 것, 다시 한번 말을 바꾸면 한껏 자유롭고 탄력 있는 정신만이 해낼 수 있는 각성과 해방에 이르는 일을 했다는 말에 다름 아니다.

가령 지적 갈증과 성적 호기심이라는 두 가지 욕망에 이끌렸

내 인생의 책들

던 사춘기 때 탐독한 에머슨이나 함석헌은 그 시절 특유의 이
상주의를 만족시켜주었고, 지드의 『지상의 양식』이나 보들레
르의 『나심(裸心)』이 선악을 넘어서 사랑하라며 감각적 쾌락을
예찬한다든지 "나라면 이렇게 말하리라──사랑의 유일한 그
지없는 일락은 악을 행한다는 확신 가운데 있는 것이라고……"
하면서 속삭일 때 나는 은총과도 같은 해방의 기쁨을 맛보았다.

그런가 하면 감각의 덧없음을 말하고 마른 막대기처럼 되기
를 권하는 아우구스티누스의 『독백』이나 십자가의 요한의 『어
두운 밤』 같은 책들이 다른 한쪽에 있었는데, 성자들의 남다른
성스러운 열정도 실은 그 뿌리가 에로스라는 사실을 나중에
그들의 전기를 읽고 알게 되었다. 또 프란체스코의 전기나 부
처의 일생 등을 읽으면서, 물론 미친 사람 취급을 받으면서 스
스로 헐벗은 행적의 광채 같은 것에도 감동했지만, 그보다 더
내 상상력을 자극한 것은 새들이 성인한테 날아와 어깨에 앉
고 맹수들도 그 앞에서는 유순했다는 이야기였다. 이것은 또
그리스신화의 오르페우스를 생각나게 하는 것으로, 니체가
『차라투스트라는 이렇게 말했다』에서 '자발적인 거지'라고 부
른 성자들의 스스로 헐벗는 도덕적 엑스터시와 좀 다르게, 미
적 엑스터시라고 할 수 있는바(물론 그게 엑스터시인 한 도덕적
이니 미적이니 하는 구별은 부질없는 것이지만) 그러한 능력이 가
리키는 것은 다름 아니라 예술의 자기동일성 바로 그것인 것
이다.

그리고 '선악을 넘어서'라고 하는 화두는 말할 것도 없이 참으로 간단치 않고, 신성모독자 니체의 같은 이름의 책은 주로 기독교 윤리를 비판하고 나아가서는 도덕 일반이 갖고 있는 문제를 들춰내는 것이지만, 그가 쓴 책들의 내용은 어떤 추상적인 단어로 요약될 수도 없고 다른 말로 설명될 수도 없는 것이다. 그 생각의 경탄할 만한 의외성과 심리적 통찰이 피워내는 불꽃 튀는 긴장으로 넘치는 그의 문장에, 그 자신의 말처럼 혀를 담가보지 않으면 그를 안다고 할 수 없기 때문이다. 그의 책들은 수많은 비범한 통찰로 가득 차 있다. 예컨대 『선악을 넘어서』의 냉소주의에 대한 정의를 보자. "냉소주의는 천박한 영혼들이 정직성에 접근하는 유일한 형태이다……"

또 가령 『여명』의 한 대목(영역으로 읽다가 좋아서 그 부분을 번역해놓았다), '도덕의 역사에서의 광기의 의의'라는 소제목이 붙어 있는 대목은 이렇게 시작된다.

인류의 모든 공동체가 그 아래서 살아온 '관습적 도덕'의 무거운 억압에도 불구하고, 우리의 달력이 시작되기 수천 년 전, 그리고 대체로는 오늘날에 이르기까지(우리 자신은 예외가 취급받지 못하는 작은 세계, 다시 말해서 사악한 지대에서 살고 있거니와) 그러한 억압 아래 살아왔는데도, 새롭고 일탈하는 생각(사상)들과 가치판단들과 충동들이 거듭거듭 터져 나왔는데 거기에는 부수적인 무서운 게 늘 따랐다: 거의 어디서나 그 새로운 생각을 준비한 건 광기였고, 존중되는 관례와 미신의 주문(呪文)을 깬 게 광기였던 것이다. 그러한 일을 한 게 광기여야만 했던 까닭을 당신은 아는가? 목소리와 태도에 들어 있는, 마치 날씨와 바다의 마적(魔的)인 분위기처럼 무시무시하고 대중할 수 없는 어떤 것, 그래서 그 비슷한 외경과 관찰에 값하는 어떤 것을?

혹시 잘못 미친 사람들이 기댈까 봐 걱정이 되는 대목이기도 하지만, 어떻든 이 광기의 문제를 비롯한 니체의 통찰들은 그 이후의 주요 사상가들과 시인, 소설가 들에게 영감의 원천이 되어, 많은 이가 그 샘물에서 한 바가지씩 떠서 자기 사상의 모체로 삼았다는 건 다 알려진 사실이다.

원고 매수가 다 차서 이만 줄여야겠다. 정작 내가 좋아하는 파블로 네루다와 로르카의 시 얘기를 하지 못했다. 또 최근에 내적 고양과 기쁨에 싸여 읽은 바슐라르의 『공기와 꿈』과 또 하나 유쾌한 책인 영역판 『초현실주의의 자서전: 앙드레 브르통과의 대화』에 대해서도.

[1992]

2부 추락이여, 안녕

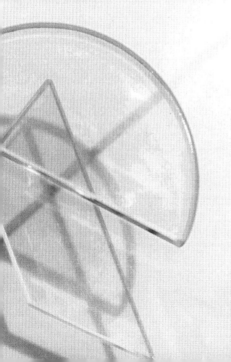

나무 예찬

슬픔과 고통의 골짜기인 이 세상에서
나무가 하는 일은 이루 말할 수 없이
크다.

1

나무 예찬은 당연히 운문으로 해야 한다는 생각 때문에 글을 시작하기가 쉽지 않다. 나무만큼 시를 닮은 것도 없으며 또 뭔가를 기릴 때는 저절로 운문의 필요성을 느끼기 때문이다. 무릇 기리는 마음은 벌써 운문적이며 어느덧 노래의 상태에 있는 것이라고 할 수 있다.

노래 얘기가 나왔으니까 말이지만, 나무는 서 있는 노래이다. 노래는, 다른 표현 방식에 비해서, 거의 전적으로 정서적 표현인데, 이런 표현의 특징은 그 효과가 직접적이고 즉각적이라는 것이다. 나무가 불러일으키는 정서적 파동도 마찬가지이다. 우리가 바라보기만 하면 나무는 즉시 우리의 가슴을 부풀게 한다. 기쁨이라고 해도 좋고 생명감이라고 해도 좋다. 그런 게 마음속에서 샘솟기 시작한다.

슬픔과 고통의 골짜기인 이 세상에서 나무가 하는 일은 이루 말할 수 없이 크다. 철학이나 종교의 관념, 예술의 이미지에 비해 나무는 그야말로 실물로 말하고 보여준다.

나는 그 어떤 종교, 그 무슨 철학에서보다도 나무로부터 느끼고 얻는 게 크다. 종교나 철학이 인위적이어서 다소간에 모호하고 불순하고 수상한 국면을 갖고 있는 데 비해 나무는 그런 게 전혀 없이 우리의 몸과 마음에 생명의 수액을 오르게 하고, 스스로 체현(體現)하고 있는 상징으로 간단하고도 분명하게 깨닫게 한다. 나무는 실제로나 상징으로나 생명의 원천이며 지혜의 샘이다. 그리고 나무 아래 앉아 있으면 근심 걱정이 사라지고 마음이 편안해지는 것도 나무가 갖고 있는 미덕들과 관계가 있을 것이다. 모든 나무는 무우수(無憂樹)이다.

2

그렇다면 나무는 어째서 종교나 철학, 또는 학교나 교회나 책들보다도 큰일을 하는 것일까. 우선 나의 작품 한 편을 읽으면서 이야기를 해볼까 한다.

세상의 나무들은
무슨 일을 하지?

그걸 바라보기 좋아하는 사람,

허구한 날 봐도 나날이 좋아

가슴이 고만 푸르게 푸르게 두근거리는

그런 사람 땅에 뿌리내려 마지않게 하고

몸에 온몸에 수액 오르게 하고

하늘로 높은 데로 오르게 하고

둥글고 둥글어 탄력의 샘!

하늘에도 땅에도 우리들 가슴에도

들리지 나무들아 날이면 날마다

첫사랑 두근두근 팽창하는 기운을!

―「세상의 나무들」 전문

    나무는 우선 이 세상에서 살아가는 우리의 마땅한 모습을 보여준다. 땅에 뿌리를 박고 있으면서 줄기와 가지는 하늘로 올라가며 잎과 꽃을 피워낸다. 땅에 붙박여 있으면서 땅 위로, 땅보다 높은 데로 올라간다. 땅은 모든 생명체의 절대적 생존 조건이며, 우리는 중력을 벗어날 수 없지만 나무는 그러한 생명의 조건과 한계를 뛰어넘는 모습을 보여주는 참으로 귀중한 일을 해내고 있는 생명체이다. 나무는 상승하려는 의지의 구체적인 현현이다. 우리는 나무를 보면서 '상승'이라고 하는 움직임

나무 예찬

을 보게 되고 상승의 이미지와 관념을 갖는다. 그리고 다 자란 나무가, 키가 큰 나무일수록 더 그렇지만, 계속 상승하고 있는 것으로 보이는 것은 나무에 의해서 만들어진 상승 이미지 때문이다. 즉 우리의 꿈 – 상상력 때문이다. 우리의 꿈 – 상상 속에서 나무는 하늘을 향해 한없이 자라고 있다. 즉 상승을 멈추는 법이 없다.

나무가 없었다면 우리는 어디서 상승 이미지/관념을 얻을 수 있었을 것인가. 인간이 돈과 권력 등에 대한 맹목적인 욕망 때문에 땅(현실, 역사)의 노예가 되어 있을 때 나무는 그보다 좀 높은 데를 가리켜 보이기도 하고, 어떤 정신이 구름 잡는 식으로 허황해지려고 하면 그 뿌리로 땅을 가리켜 보이기도 한다.

나무는 그리하여 탄력의 화신이다. 모든 죽은 것은 탄력이 없으며, 탄력을 생명력의 지표라고 한다면, 나무는 그 생태와 모습으로 탄력의 화신이 된다. 무거움에 처형된 인간이, 앞에서도 얘기했듯이, 가벼움(상승, 탄력)을 향해 운동을 시작하는 것은 나무를 통해서이다. 나무는 땅(하강, 중력)에 뿌리를 박고 있으면서 동시에 솟아오르고 있다. 늘 가벼움을 향해 도약하는 탄력적인 모습이 아닐 수 없다.

또 모든 나무는 둥글다. 모든 탄력적인 것은 둥글며 둥긂[圓形]은 생명의 모습이다. 알이나 모태, 곡식이나 과일 따위들을 떠올려보면 된다. 둥근 나무를 바라보며, 직립 상승에서와 마찬가지로, 우리는 모진 바람에도 잘 견디는 탄력을 본다.

그리고 물론 나무의 강력한 미덕에는 그 초록빛이 있다. 초록 잎은 말할 것도 없이 눈으로 마시는 생명력이며 힌두교에서 말하는 프라나(prana: 호흡의 신, 氣)의 모태이기도 하다.

3

나무의 각론에 해당하는 것이겠으나, 나는 또한 나무껍질을 무척 좋아해서 산에 가면 나무를 만지고 손을 비비기도 한다. 나무에 손을 대면 내 몸에도 어느덧 수액이 오르고 하늘을 향해 오르며 그 온기와 부드러움의 깊이 속으로 끌려들어 간다. 그러다가 「나무 껍질을 기리는 노래」를 쓰기도 했다.

견디고 견딘
너희 껍질들이 감싸고 있는 건
무엇인가.
나이와 세월,
(무엇이 돌을 던져 나이는
파상波狀으로 번지는지)
살과 피,
바람과 햇빛,
숨결,
새들의 꿈,

짐승의 은신(隱身)과 욕망,

곤충들—

더듬이와 눈, 그리고

외로움,

시냇물 소리,

꽃들의 비밀,

그 따뜻함,

깊은 밤 또한

너희 껍질에 싸여 있다.

천둥도 별빛도

돌도 불꽃도.

　　　　　　　　　　　　—「나무 껍질을 기리는 노래」 부분

　나무껍질이 감싸고 있는 건 실은 모든 살아 있는 것, 우리의 삶이다. 그러니까, 나무가 하는 실제적인 역할과 상징적인 의미를 포함하여, 나무껍질은 나무의 껍질일 뿐만 아니라 우리의 껍질(피부)이기도 한 것이다.

　인류가 나무를 신수(神樹)나 신목(神木)이라고 부르며 신성시한 것은 너무도 자연스러운 일이며, 프레이저의 잘 알려진 책 『황금 가지』에서 전해주듯이, 누군가 나무에 상처를 입히면 그의 배꼽을 도려내어 나무에 못 박고 그로 하여금 나무 주위를 돌게 하여 내장으로 상처 낸 부분을 칭칭 감게 하는 벌을 주

었다는 얘기가, 과장된 것이기 쉽고 가혹한 벌이라고 생각되기
도 하지만, 설득력이 아주 없는 건 아닐 것이다.

[2001]

몸에 대하여

나무는 그냥 서 있는 게 아니라 이
땅을 지탱하는 기둥이며 우리의 몸과
마음을 지탱하는 살아 있는 기둥이다.

1

키 큰 나무들 아래로 나 있는 산길을 가면, 특히 맑은 날이면,
나는 엑스터시에 빠지곤 한다. 날이 맑으니 햇빛은 눈부시고,
공간 전체가 빛 잔치이다. 나무와 태양과 맑은 날이 만들어내
는 안팎 없는 법열 상태…… 그런 때는 내 몸 자체가 그냥 빛 덩
어리이다.

인체 조각은 사람의 몸에 빛을 부여하는 것이지만, 자연의
힘에 의해, 살아 있는 몸이 빛 덩어리로 느껴질 때가 있으며, 그
럴 때 내 몸뿐만 아니라 모든 몸은 한없이 드높여진다.

우리가 사는 이 세계는 느낀 대로 존재하고 생각한 대로 있
는 것이어서, 감각·감정·정신의 성질과 성능에 따라 사물의 가
치가 정해지고 따라서 각자의 삶도 값어치가 정해지는 것인데,

몸도 예외가 아니다. 어떤 시선·감정·정신 앞에서 몸은 하찮은 것이지만 또 다른 눈·느낌·마음 앞에서는 굉장한 것이 된다.

어떻든 몸은 드높은 것이다. 다 알다시피 몸은 우주의 다른 이름이요 생명의 다른 이름이다. 몸은 우주의 구성 요소라는 네 가지 원소로 되어 있으니, 몸이 우주라는 것은 단순한 비유나 철학적 진술이 아니라 그 실제를 이야기한다는 것도 다 아는 얘기다.

내가 불일 때 나는 사랑을 하거나 창조적 황홀 속에 있고, 내가 잠을 자거나 휴식할 때 나는 흙이며, 내가 물일 때 나는 멜랑콜리하고, 내 영혼의 표고(標高)가 높고 정신의 움직임이 깃처럼 가벼울 때 나는 공기인 것이다.

몸의 생리는 곧 우주의 생리이다. 힌두교의 표현을 빌려 범아(梵我) 일체이다. 추상적으로 들려 실감이 혹시 덜하다면 내가 쉬는 숨을 생각하면 된다. 내가 쉬는 이 숨은 나와 우주, 안과 밖의 연속성 자체이며 따라서 숨은 나와 나 아닌 것(이라고 편의상 말하지만, 또 다 알다시피, 불교의 생각을 빌려, 나도 없고 나 아닌 것도 물론 없다)이 하나가 되는 기쁨 바로 그것이다. 숨은 그런 기쁨이며, 기쁨은 슬픔과 함께 삶에 위엄을 부여하는 것이므로, 숨 쉬는 몸의 위엄이 비롯되는 한 원천이다.

몸은 우리의 개별성을 나타내는 한계이기도 하지만 몸 밖으로 나가는 것도 몸 외에 길이 없다. 자기의 몸이 얼마나 가없는 몸[無量身]으로 풀어질 수 있느냐에 따라 사람이나 예술 작품의 가치가 정해진다고도 할 수 있다. 이것이 아마 궁극적인 기준일 것이다.

2

산에 가서 키 큰 나무들 아래로 걸어갈 때의 기쁨을 앞에서 얘기했지만, 몸은 도시에서 멀어질수록 좋아하는 것 같다.

도시라는 게 건축·교통 사정·공기·공원 같은 것들에 따라 반드시 혐오해야 할 공간은 아니지만, 서울이라는 도시는 좋은 게 아무것도 없는 것 같다. 예외적인 며칠을 제외하면 서울의 공기는 이제 말도 하기 싫은 것이고, 자동차에 대해서는, 어떤 때는 구토를 우려하여 보지 않으려고 눈을 감는다. 눈을 뜨자마자 들리는 건 자동차 소리이고 보이는 건 자동차이며(잠자는 시간에도 자동차 소리가 들린다), 하루 종일 내 눈은 자동차를 본다. 단 하루도 자동차를 보지 않는 날이 없고, 오고 가면서 눈이 보는 게 자동차라면, 그건 사실, 눈에는 끔찍한 재앙이다. 대부분 자동화되고 마비되어서 느끼지 못하고 살고 있겠지만, 매일, 하루 종일, 우리의 눈에 보이는 게 주로 자동차라면, 그건 느끼든 못 느끼든 간에, 재앙인 것이다. 덧붙일 것도 없겠지만, 눈에 재앙이니 마음의 재앙이다. 우리의 몸은, 실은 몸 둘 바를 알 수 없는 그런 재앙의 한가운데에 있다.

특히 도심에서, 손바닥만 한 나무숲이라고 하더라도, 그 나무들이 그다지도 예뻐 보이는 까닭에는 위와 같은 사정도 들어 있을 것이다.

겨울날 내 일터의 낙목 아래로 걸어가면서 올려다본 나뭇가지들——잔가지들과 큰 가지들이 '하늘의 혈관'이라고 문득 느껴진 것도 앞에 얘기한 눈의 재앙이나 도시의 황폐라는 배경과 관련이 있을 것이다. 그러고 나서 그 잔가지들과 큰 가지들이 '하늘의 천정화(天井畵)'라고 생각되었는데, 그것은 도시 한가운데에 서 있는 나무들이기 때문이 아닌가 한다. 그런 이미지는 도시가 인공적인 공간이기 때문에 떠오른 게 아닐까 싶다는 얘기이다.

하늘을 배경으로 아른아른 퍼져 있는 나뭇가지들을 쳐다보는 눈은 복에 겨워 웃고, 몸에는 나무들보다 훨씬 먼저 연초록 싹이 돋는 듯한 기운이 돌면서 탄력이 생기는 것이다.

하늘의 '혈관'이라고 느낀 것은, 우선 형태상으로, 잎이 없는 나무이기 때문에 그랬다고 할 수 있겠는데, 실은 나뭇가지들이 사실상 하늘(허공·공기)의 혈관인 것이다. 나무를 하늘의 뿌리라고 하는 의도와 비슷한 것이지만, 숨을 쉼으로써 허공과 연속되어 있는 우리로서는, 나무가 실제로 하늘(허공·공기)의 혈관이며 따라서 우리의 혈관이라는 얘기이다. 이런 느낌을 짤막한 시로 끼적거려놓은 걸 옮겨 적어본다.

겨울 하늘을 배경으로

(너무 이뻐서 도무지 어찌할 바를 모르겠거니와)

낙목(落木)들의 저 큰가지들과 잔가지들 좀 보세요!

그 가지들은 하늘의 혈관이에요!

(물론 하늘의 뿌리이기도 하고

하늘의 천정화天井畵이기도 하지만)

하여간 그 가지들은 하늘의 혈관이에요!

—「하늘의 혈관」 전문

　나무의 온갖 미덕과 형이상적 가치에 대해서는 이미 다른 글에서 얘기했으니 여기서는 줄이려고 하거니와, 모든 몸은 나무로부터 수혈을 받으며 기(氣)를 받는다. 그러니까 나무는 그냥 서 있는 게 아니라 이 땅을 지탱하는 기둥이며 우리의 몸과 마음을 지탱하는 살아 있는 기둥이다. 다 아는 얘기지만 나무가 없으면 지구는 생명이 있을 수 없는 불모의 행성인데, 그것은 정신과 감정의 차원에서도 마찬가지이다. 새와 더불어, 상승/탄력/가벼움의 이미지/관념의 원천이며 그 나무-샘물 덕택에 우리의 목마름이 해소되고 삶은 지탱되기 때문이다.

　또 나무가 우리의 몸과 그 움직임을 얼마나 아름답게 하는지 느끼는 사람이 얼마나 되는지 모르겠으나, 나무 아래로 걸어오는 사람이나 그 아래 앉아 있는 사람을(그렇지 않은 데서 움직이는 경우와 비교해) 보면 금방 알 수 있다. 그리하여 나는 그러한 풍경의 감동을 여러 해 전에 이렇게 쓴 일이 있다.

사람들이 나무 아래로 걸어온다

움직임은 이쁘구나

모든 움직임은 이쁘구나

특히 나무의 은혜여

　　　　　—「움직임은 이쁘구나 나무의 은혜여」 전문

　나무 없이는, 모든 몸은 그 생존도 위엄도 아름다움도 얻을 수 없다. 나무는 사람과 달리, 그런 체하지도 않고 스스로는 자기가 하는 일을 전혀 모른다는 듯이, 그런 어마어마한 일을 하고 있는 것이다.

3

　앞에서 나는 몸의 생리가 곧 우주의 생리요 우리가 쉬는 이 숨이 나와 우주, 안과 밖의 연속성 자체라고 했지만, 『이집트 사자(死者)의서(書)』를 보면 고대이집트 사람들은 하늘을 하늘 여신(Sky Goddess) 누트(Nut)의 형상으로 상상했다. 누트의 사지는 기둥이고 이 네 기둥이 하늘을 받치고 있는데, 팔다리를 짚고 엎드린 형상으로 발은 동쪽에 손은 서쪽에 있다.

　이 신화에 자극받아 나는 「팔다리는 반짝인다」라는 시를 쓴 적이 있다.

팔다리를 섬겨야 하리

하늘의 여신 눗(Nut)이 누구인가

우리들 아닌가

팔다리는 하늘을 받치는 네 기둥

그 품안에 땅과

거기서 사는 것들과

죽은 것들을 다 감싸니

살고 죽으리

하늘이 무너지지 않으리

별들은 반짝이고

달은 그이의 사지(四肢)를 통과해가리

모든 산 것들과

죽은 것들은

바람 부는 풀잎

손을 흔들리

보렴, 우주의 네 기둥

팔다리는 반짝인다

천체(天體)로 장엄되어 반짝인다

우리의 팔다리여

섬겨야 하리.

—「팔다리는 반짝인다」 전문

몸은 적어도 이만한 것이다.

그런데 몸을 드높이고 그 아름다움을 기리는 일의 잘 보이지 않는 배경에는 몸의 슬픔도 있다. 몸의 슬픔은 그 욕망과 연약함과 병과 죽음에서 나오는 것이기도 하고 정치·경제·사회·환경 등의 상황이 불행할 때 생기는 것이기도 한데, 어떻든 몸과 그것이 하는 일의 덧없음은 불교에서처럼 페시미즘으로 가게만 하는 것이 아니라, 예술이 그렇듯이 미화(美化)를 부추기기도 한다. 니체가 그리스적 명랑성을 제대로 알려면 고통과 슬픔을 겪어봐야 하고, 그리스인들의 미에 대한 열망은 멜랑콜리에 뿌리를 두고 있다고 통찰했듯이……

고대 그리스까지 갈 것도 없이, 우리의 일상 속에서도 우리의 발길을 꽃집으로 가게 하는 건 멜랑콜리이기도 하며, 명랑함은 역설적이게도 슬픔과 우울의 한 표현 방식이기도 한 것이다……

어떻든 나는 이 글을, 숲속에서 내가 겪은 법열을 후렴처럼 다시 한번 얘기하면서 끝내려고 한다.

키 큰 나무 아래 산길을 가면서, 맑은 날과 나무들과 태양의 화창에 취해 있는 공간에서 나는 엑스터시에 잠긴 나머지 내 몸이 그냥 빛 덩어리가 되었다는 이야기.

그런데 내 몸은 모든 몸이니, 다른 몸들의 법열 없이는 내 몸의 법열도 없다.'예컨대 맑은 공기, 맑은 물, 깨끗한 흙은 모든 생물의 기쁨이니 앞에서 말한 나의 엑스터시는 다른 몸들의 공통의 엑스터시라는 조건 없이는 불가능하다. 우리의 기쁨의 조건은 '더불어'인 것이다.

어떻든 몸은 자연에 가까이 갈수록 좋아하며, 몸을 드높이는 건 자연과 예술이고, 미 의지나 미적 비전이 이 세상을 좀더 살 만한 곳이 되게 할 것이다.

[1999]

바람과 춤

—탄력과 가동성

> 춤은 말하자면 몸을 일으키는
> 바람이다. 더 정확히 말하자면 춤추는
> 몸은 곧 바람이다.

나의 데뷔작은 「독무」 「화음」 「주검에게」 등이다. 1965년 『현대문학』을 통해 나왔는데, 내가 대학을 졸업한 해이기도 하다. 그때 그 잡지의 추천 제도에 따라 2회인지 3회인지 일정한 간격을 두고 추천을 받았으니, 첫 회는 대학 재학 시절이었을 것이다.

그 작품들을 다시 읽어보니 젊은 시절 스산한 마음의 풍경이 멀리, 조금은 낯설게, 엷은 먹물이 번지듯 보이는 것 같다.

정치·경제의 피폐함은 말할 것도 없고, 그런 상황과 맞물려 정신적으로도 무거웠던 전후(戰後)의 현실을 배경으로, 허무감이나 무상감, 죽음 같은 것들이 그 작품들에는 감돌고 있는데, 그러나 다른 한편으로는 역사적·실존적 질곡을 벗어나 도약하려고 하는 의지도 보인다. 의식적이든 무의식적이든, 새로운 표현을 하려는 의지와 함께.

그러한 가벼워지려는 본능, 도약하려는 의지가 낳은 게 '바람'과 '춤'일 것이다. 다 아시다시피 바람(공기)은 우주와 생물을 구성하는 원소들 중 그 가동성(可動性)에서 제일가는 것이고, 춤은 순간순간 추락을 극복하면서 중력으로부터 벗어나려는, 그러니까 우리를 무겁게 하는 것들로부터 벗어나려는 의지의 표상이다.

불꽃을 부추겨 타오르게 하는 바람은 우리 몸속의 불꽃과 정신 속의 불꽃도 부추겨 타오르게 한다. 이것은 단순한 비유가 아니다. 실제로 그런 것이다. 기상(氣象)의 변화가 우리의(모든 생물의) 마음에 일정한 영향을 준다는 건 다 아는 얘기지만, 바람이 불 때, 미풍이 불 때는 미풍만큼의, 태풍이 불 때는 태풍만큼의 변화가 내 몸과 마음에서 일어난다. 만일 제법 센 바람이 부는 날 거리를 헤매었다면 바람이 점화하고 부추긴 몸 모양의 불꽃으로서 그렇게 한 것이다. 만일 앉아서 태풍 소리를 듣고 있다면 그 역시 앉아 있는 불꽃이다. 그리고 이때의 불은 욕망이나 정열의 상징이거나 등가물이라기보다는 신비적 직관과 우주적 공기에 물들어 있는 영적 에너지이다. 풍력으로 만들어지는 전기와 같은 에너지.

가누지 못할 만큼 무거운 몸은 이미 몸이 아니고 가누지 못할 만큼 무거운 마음은 이미 마음이 아니다. 탄력과 가동성은 몸과 마음의 가치나 쓸모의 지표이다. 우리의 몸과 마음은 바람과 같은 가벼움과 운동 그리고(비슷한 내용을 좀 달리 말하는 것이겠지만) 자재(自在)로움을 항상 바란다.

춤은 말하자면 몸을 일으키는 바람이다. 더 정확히 말하자면 춤추는 몸은 곧 바람이다. 우리를 무겁게 하는 욕괴(慾塊)인 몸이 욕괴이면서 동시에 다른 것일 수도 있다는 걸 춤은 보여준다.

사춘기 때, 특히 성욕 때문에(그리고 우스꽝스럽게도 천주교 때문에) 나를 무겁게 하던 몸이 무용 예술을 통해 무거움에서 일거에 해방되면서 육체를 '발견'하게 되었던 것인데, 춤(예술)과 불이 다 같이 가지고 있는 정화(淨化)의 힘은 괜히 해보는 소리가 아니라는 걸 실감한 예라고 할 수 있다.

영혼이라는 것이 "자기 자신과 싸우는 물질에 의해 꾸어진 꿈"(발레리)이라고 한다면 춤은 몸이 자기 자신과 싸우면서 꾸는 꿈이며 시는 그러한 몸과 영혼이 낳는 것이라고 할 수 있겠다.

그리고 춤이라는 것이 아무 데도 이르지 않으므로 이르지 않는 데가 없는 움직임이라고 한다면 시에 대해서도 똑같은 말을 할 수 있지 않을까 한다.

데뷔작을 포함해서 초기 시편들이 어렵게 씌어진 대목도 있고 말이나 문장이 어색한 구석도 있어서 겸연쩍기도 하지만, 바람(공기)이나 춤의 성질은 실은 변함없이 시적 언어와 움직임이 지향하는 것이라고 할 수 있다.

　　　　　　　　　　　　　　바람과 춤

등단 작품에 '바람' '춤' '죽음'과 관련된 이미지나 묘사가 두드러지게 보이는 바람에 그것들에 대해서 생각해보았다.

[2002]

춤, 불타는 숨
—이사도라 덩컨의 자서전*에 부쳐

바람 속에, 파도 속에, 흔들리는
나뭇잎에, 불꽃 속에, 사람의 움직임
속에 살아 있다. 어떤 사람은 죽어서
그렇게 된다.

나는 이 책의 서문을 쓰기에 합당한 사람이 아마 아닐 것이다. 왜냐하면 내가 이사도라 덩컨이 춤추는 걸 봤다거나 그를 만나본 적이 있다면 이 글을 쓰기에 한결 더 안성맞춤이었을 거라고 생각되기 때문이다. 게다가 더 욕심을 부리자면, 그와 사랑을 한 적이 있다면 얼마나 더 안성맞춤이었으랴 싶기도 하다.

그러나 나는 춤을 좋아하고, 이사도라의 신화를 들어왔고, 그리고 이번에 그의 자서전을 읽을 기회가 있었고, 그것도 그냥 읽은 게 아니라 문자 그대로 단숨에 읽은 터라, 그 단숨의

* 『맨발의 이사도라: 나의 예술과 사랑』, 구희서 옮김, 민음사, 1978.

감격을 되살려 몇 자 적기로 했다. 감히 말하자면 그의 자서전에 나타난 그의 춤과 삶, 그의 영혼과 육체, 그의 춤에 대한 생각과 삶에 대한 태도 들이 마치 내 것인 것처럼 생각되기 때문이다. 그리하여 만일 들은 것이 잘 아는 것이라면 나는 그를 들었고, 또 만일 본 것이 잘 아는 것이라면 나는 그를 보았다고 할 수 있다.

이 책을 읽고 나면 이상하게도 그가 아직 살아 있다는 느낌이 든다. 아니 느낌이 드는 게 아니라 그는 아직 살아 있다. 그가 춘 춤(free dance)이나 무용 이론이 서양무용의 역사 속에 거의 혁명적인 변주(變奏)의 모습으로 살아 있다는 것이야 더 말할 나위가 없다. 그러니까 위에서 그가 아직 살아 있다고 한 것은 실제로 살아 있다는 말이다. 즉 바람 속에, 파도 속에, 흔들리는 나뭇잎에, 불꽃 속에, 사람의 움직임 속에 살아 있다. 어떤 사람은 죽어서 그렇게 된다. 생전에 저 신비한 자연의 리듬과 배가 맞아 삶을 춤추고 춤을 산 그는 죽어서 바람이 되고 파도가 되고 사람의 숨결이 되어 움직이고 있다. 아니 그는 운동 자체이다. 그래서 길지 않은 생애 동안, 움직이지 않는 이사도라를 우리는 상상할 수가 없다. 그 자신이 책 앞머리에서 "나는 바닷가에서 태어나 움직임과 춤에 대한 최초의 생각을 파도의 리듬에서 얻었다"고 말하면서, 자신이 바다에서 태어난 아프로디테의 별 아래서 태어났고, 그의 예술은 바다의 산물이라고 말한다. 그리고 서문에서 이렇게 말하고 있다.

처음부터 나는 삶을 춤추었을 따름이다. 아이 적에 나는 자라
나는 것들의 자발적인 기쁨을 춤췄다. 어른이 되어서는 삶의 비
극적 저류(低流)에 대한 최초의 깨달음—즉 삶의 가혹한 잔혹성
과 파멸적 진전에 대해 이야기하면서 기쁜 마음으로 춤췄다.

그러니까 그는 누구로부터도 춤을 배운 바 없고 다만 자연과
자신의 삶으로부터 흘러나온 춤을 추었을 따름이며, 그래서 그
의 무용 이론도 자기의 신념으로부터 나온 독창적인 것이다.

우리는 이 책에서 그의 무용관과 무용 교육에 대한 정열, 사
랑과 이별, 가난과 뿌리 없는 삶, 영광과 좌절, 눈물과 기쁨 등
을 읽을 수 있는데 그 어느 것도 우리의 흥미를 끌지 않는 것
이 없다. 그리고 이러한 그의 운명은 그가 예술에 홀린 영혼이
요, 사랑에 홀린 영혼이라는 데서 비롯된다. 또 우리는 모든 탁
월한 예술가가 그렇듯이, 그의 구도적(求道的) 자기 단련에 주
목하게 된다. 이것은 그가 어려서부터 말년에 이르기까지 플라
톤, 셰익스피어, 휘트먼, 디킨스, 키츠, 셸리, 번스, 니체, 쇼펜하
우어, 루소, 칸트 등 문학책과 철학책 들을 끊임없이 읽은 것으
로도 넉넉히 짐작할 수 있는 일이다. 또한 그는 무용가로서 당
연한 일이지만 평생 음악과 더불어 살았다. 특히 휘트먼으로부
터 받은 깊은 영향은 그의 예술과 삶과 사회에 대한 태도에 결

정적으로 중요했던 것으로 보인다. 그리고 베토벤은 춤의 힘찬 리듬을, 바그너는 춤의 조각적 형식을, 그리고 니체는 춤의 정신을 창조했다고 말하고 있다. 한편 우리는 이 책에서 그의 여자로서의 사회적 이념을 단편적이나마 들을 수 있다.

그의 무용관은 아주 자유로운 정신의 소산이다. 그에 의하면 무용은 '육체의 동작을 매개로 한 인간 정신의 신성한 표현'이다. 그리고 기왕의 발레 대가들은 인공적·기계적으로만 움직이도록 가르친 나머지 꼭두각시를 만드는 결과를 낳은 데 비해 그는 육체라는 통로를 통해 정신의 비전을 표현한다고 말한다. 이러한 그의 무용관은 백번 옳은 얘기요 다 아는 얘기 같지만, 이사도라 덩컨은 그 말의 의미와 육화 자체이기 때문에, 우리는 무용에 대한 생각의 일치를 새롭게 축하하게 될 따름이다.

그래서 그는 러시아에 갔을 때, 그와 동시대의 세계적 발레리나 안나 파블로바가 연습하고 있는 걸 본 뒤 '마음 없는 육체의 기계적 움직임'이라고 했고 황실 극장의 아이들 연습실을 '고문실'이라고 부를 정도였다. 러시아 황실 발레 학교에서 가르치는 것은 자연과 예술에 대한 배반이라는 얘기다. 아닌 게 아니라 고전무용가들이 여러 어려운 테크닉이나 포즈에 매여 움직이다 보면 마음 없는 육체의 기계적인 움직임으로 보이기 십상이며 사실상 그런 면이 없지 않을 것이다. 그래서 육체와 영혼의 경계가 없었던 이사도라, 육체이자 영혼이며 영혼이자 육체였던 이사도라는 무용이 부르주아지의 식후를 위한 여흥이 아니라 육체의 운동을 통한 아름다움과 성성(聖性)의 표현이라고 되풀이 강조하면서 '영혼의 춤'을 추었고, 춤을 종교와 동격에 놓으면서 춤을 통한 종교의 부흥을 주장했던 것이다.

이사도라의 춤의 신화 중에서 가장 널리 알려진 것은 그가 '맨발'로 춤춘 최초의 무용가라는 것이다. 그는 언제나 맨발에 속살이 비치는 투명한 튜닉만 걸치고 물론 맨살의 다리로 공기의 요정답게 춤추었고, 자기 춤을 '미래의 춤'이라고 불렀다. 그러니까 그의 '자유 무용'은 기왕의 고전무용이 요구하는 여러 기계적 테크닉으로부터의 해방이요, 우아한 의상과 장식으로부터의 해방을 우선 뜻하는 것이겠는데, 이것은 당시로서는 혁명적 충격으로 받아들여진 게 사실이다. 또 무대가 따로 없이도 어디서나 춤추고 싶으면 춤췄고 그가 춤추는 데가 곧 신성한 열광의 무대가 되었다. 그러나 자유 무용의 더 깊은 뜻이 그가 되풀이해온 향기로운 정신의 비전을 표현하는 영혼의 춤이라는 데 있음은 물론이다. 그는 역시 러시아에 갔을 때 세계적 연출가요 배우였던 스타니슬랍스키에게 이렇게 말했다. "나는 무대에 나가기 전에 내 영혼 속에 모터를 넣는다. 그러면 내 사지와 전신은 내 의지와 상관없이 춤춘다."

이 책에서 가장 감동적인 삽화 중 하나는 저 위대한 로댕과의 만남이다. 이사도라는 자기 스튜디오에 온 로댕을 위해서 춤춘다. 로댕은 자기를 위한 춤이 끝날 때까지, 또 하나의 신성한 영혼에 의해 촉발된 신성한 영혼의 눈빛으로 바라본다. 이사도라의 춤이 끝나자 로댕은 역시 진실의 빛에 홀린 사람의 걸음걸이로 이사도라에게 가서 그 맨발의 전신을 주무르기 시작한다. 마치 진흙을 빚듯이!

그도 그럴 것이 이사도라는 흔히 가슴에 손을 얹고 몇 시간 동안을 움직이지 않고 서 있는다. '힘을 한군데로 모으고 모든 동작의 근원을 발견하기' 위해서이다. 그리고 이것은 그대로 로댕 자신의 창작 원칙이요 태도인 것이다. 원칙이니 태도니 하면 벌써 당사자들과 거리가 생기는 것 같으니까, 위의 모습이 그냥 로댕이나 이사도라의 영혼의 속 알맹이라고 하는 게 좋겠다. 로댕은 이사도라의 무용 학교에 가서 아이들이 춤추는 걸 보고 이렇게 말하기도 했다.

"내가 젊었을 때 저런 모델을 가졌다면 얼마나 좋았을까! 움직일 수 있는 모델! 그리고 '자연'과 '조화'에 따라 움직이는 모델! 나도 아름다운 모델들을 가져보았지만 당신의 학생들처럼 운동의 과학을 안 사람은 하나도 없었소."

이렇게 위대한 예술가에게 그는 춤으로 인사를 했는데, 이것은 그의 독특하고 어여쁜 인사법이었다. 이사도라는 최고의 예술가들에 대한 찬탄과 존경을 그들에게 춤을 바침으로써 표시했다. 그래서 시인, 화가, 조각가, 무대연출가, 음악가, 연극배우 등 그가 흠모하는 예술가들을 만나면 잔디밭이나 응접실이나 스튜디오 어디에서든 즉흥적으로 춤을 추었고, 그 아름다운 인사는 받는 사람들을 감격하게 했다.

이사도라의 여러 남자와의 사랑도 그 불꽃 자체라고 할 수 있는 예술적 정열의 연장에 다름 아니다. 물론 로엔그린이라는 백만장자와의 연애처럼 별 신명이 나지 않는 부분도 없지 않지만 거의 상대방의 예술적 천재에 미쳐서 사랑을 했다. 이사도라는 천재를 알아보는 데나 사랑하는 데 '본능의 천재'요 '직관의 천재'였으며 이런 귀신같은 속성에 의해 운명의 여신은 이사도라의 영광과 비극, 그 예술과 사랑으로 터질 듯한 삶을 주재했던 것이다. 그는 자기의 예술과 사랑의 관계에 대해 이렇게 말하고 있다.

내 삶은 오직 두 개의 동기를 갖고 있다──즉 사랑과 예술이 그것인데 사랑은 때때로 예술을 파괴했고 예술의 전제적(專制的) 소명은 사랑에 비극적 종말을 가져왔다. 이 둘은 어울리지 못하며 끊임없이 싸울 뿐이다. 왜냐하면 사랑도 그것을 위해 전부를 요구하고 예술도 그것을 위해 '전부'를 요구하기 때문이다.

한편 우리는 그의 여자로서의 사회적 태도를 간과할 수 없는데 이것도 물론 무용가로서의 예술적 신념과 관계가 있다. 그는 비록 말년에 러시아의 시인 에세닌과 결혼해서 러시아 시민이 되기는 했지만 평생 결혼을 거부했다. 더 구체적으로 말

춤, 불타는 숨

하면 결혼'식'이라는 것을 거부했고 결혼 제도 자체를 비판했으며 임산부의 아기 낳는 고통으로부터의 해방을 주장했다. 또 자기는 '사회의 편견과 협소함, 허위의 제도 등에 대해 저항하기 위해' 춤을 춘다고도 했다. 이런 점에서 소위 여성해방운동의 선구라고 할 만하기도 하다. 그러나 그러한 자신이 낳은 두 아이를 얼마나 사랑했고, 그 아이들이 갑자기 죽었을 때 얼마나 오랫동안 울고 슬퍼했는지는 이 책에 씌어져 있는 바대로이다.

또 이 책의 여러 곳에서 우리는 그의 휴머니즘을 보게 되는데 그의 착한 마음은 몇 개의 삽화에서 넉넉히 드러나고 있다.
그러나 세상의 상반되는 힘들이 그를 통해서 화해하려고 했기 때문에 그는 결국 난파했는데, 그는 책 끝부분에 이렇게 쓰고 있다.

22년 전에 우리는 명성과 행운을 찾아서 떠났다. 그리고 그 두 가지를 얻었다──그러나 결과는 왜 이렇게 비극적인가? 아마도 그것은 이 가장 만족스럽지 못한 세계에서의 삶의 당연한 귀결인데, 이 세상이란 가장 기본적인 조건들이 인간에 대해 적대적인 곳이다.

어떻든 이 기묘하고 신들린 영혼 이사도라 덩컨의 자유로운 정신과 육체는 목에 맨 스카프가 자동차 바퀴에 걸려 죽을 때까지 공기의 요정, 불의 요정, 물의 요정으로 삶을 춤추고 춤을 살다가 지금은 바람과 파도와 뜨는 달과 사람의 숨결 등 자연과 생명의 리듬들 속에 살을 섞어, 운동 자체로서 춤추고 있다.

[1978]

추락이여, 안녕

> 육괴인 우리의 몸이 몸을 넘어서는
> 어떤 걸 가리켜 보여줄 수도 있다는
> 것, 몸이 창이 될 수도 있다는 건
> 얼마나 좋은 일인가.

몸이 움직이는 것이든 마음을 움직이는 것이든 동기라고 하는 동력이 강력하지 않으면 좀체 발을 떼어놓기도 어렵고, 글 한 줄 쓰기도 어려운 법이다.

무용 예술은 내 사춘기의 한 은총이었으므로 그에 대한 얘기는 몇 번 한 적이 있으나, 오랫동안 무용을 보지도 않았고 그에 대한 생각도 별로 하지 않아서 그런지 무용에 대해 무슨 얘기를 해볼까 해도 좀체 불이 지펴지지 않는다. 몸에 불이 지펴져야 춤을 출 수 있듯이 마음에 불이 지펴져야 글도 쓸 수 있는데……

불 얘기가 나왔으니 그러면 불을 화두로 해서 얘기를 시작해볼 수도 있을 것 같다.

춤추는 몸은 불꽃에 비유되곤 한다. 불꽃은 무엇인가. 그건 (열정, 정염의 표상이기도 하지만) 상승/승화/정화의 표상이다. 아니다. 표상이 아니라 실제로 그런 일을 하는 게 불꽃이다. 예컨대 캠프파이어나 벽난로에서 타고 있는 장작을 바라보면서 나는 내가 그야말로 '물질적으로' 정화되는 듯한 느낌을 받곤 했다. 내 속의 나쁜 것을 그 불꽃이 다 태워 깨끗하게 하는 느낌…… 말을 좀 바꾸면 몸과 마음의 무거움으로부터 벗어나 떠오르면서 기화(氣化)하는 느낌이라고 해도 좋다. 불꽃이 하는 일은 적어도 그만한 것이다. 그리고 춤이 하는 일 또한 그와 같다.

영혼의 반대편에 있는 것 같은 육체가 춤을 추기 시작하는 순간 그것은 영혼을 표현하는 매체가 된다. 영혼이라는 것은 '자기 자신과 싸우는 물질에 의해 꾸어진 꿈'이라고 발레리라는 프랑스 시인은 말했지만, 춤은 육체가 자기 자신과 싸우면서 내뿜는 어떤 기운을 갖고 있다고 할 수 있다. 그렇지 못하면 그건 예술이라고 하기 어렵다. 순간순간 추락과 무거움을 극복하는 움직임, 그게 춤이며, 거기에 무용 예술의 가치가 있다.

서양 철학자들이 얘기하듯이 생물의 진화를 물질의 정신화 과정이라고 한다면—그래서 베르그송이라는 사람은 인간을 진화의 정점에 놓는다—예술은 어둡고 무겁고 죽은 물질을 한 발광체로 살려내고 드높임으로써 그러한 과정에 참여하는 제

추락이여, 안녕

일 중요하고 효과적인 노력이라고 할 수 있는데, 무용 역시 예외가 아니다.

돌, 흙. 나무, 쇠 같은 것들이 조각가의 손이 닿으면서 어떤 정신적인 빛이나 수런거림을 보여주듯이 몸이라고 하는 물질 덩어리는 춤을 통해서 밝아지고 가벼워지면서 그야말로 떠오른다.

사실 우리의 몸이 생존 차원이나 일상생활을 위한 움직임 말고 다른 쓰임새와 차원을 열 수 있음을 보여주는 것만으로도 무용은 가치가 있다(말의 시적 쓰임새를 여기서 더불어 생각해봐도 좋다). 불교의 용어를 빌려 육괴인 우리의 몸이 몸을 넘어서는 어떤 걸 가리켜 보여줄 수도 있다는 것, 몸이 창이 될 수도 있다는 건 얼마나 좋은 일인가.

몸을 드러내되 춤을 통해서 드러내는 건 얼마나 좋은 일인가. 그리하여 나는 몇 줄의 운문으로 이 짧은 글을 끝낼까 한다.

몸을 드러내라 춤이여
너를 통해 우리 몸은
창이 되니
(미적 차원에 해방되어)
자기는 없고 다른 것들만
보여주는구나.
아무 데도 이르지 않으므로

이르지 않는 곳이 없는 움직임이여.

[1999]

추락이여, 안녕

사과 이야기
─미적 가치에 대한 단상

> 아마 무엇엔가 홀리면 그 무엇에
> 가까이 가게 마련인가 보다.

멀리서 붉은 사과가 잔뜩 열려 있는 사과나무를 보면 황홀하다. 낱낱의 과일은 뚜렷하게 보이지 않으면서 열매들이 피워내는 그 붉은빛의 궁륭에는 무슨 아지랑이와도 같은 영기가 서려 있고, 그리하여 그런 기운으로 자글자글 끓어오르면서 사물사물 만판으로 웃고 있다.

그리고 그걸 바라보는 사람도 벌써 웃고 있다.

사과, 특히 야생 사과에 어려 있는 영묘한 기운을 알아차린 사람은 민감한 영혼 헨리 데이비드 소로이다. 그의 글 「야생 사과」에는 이런 대목이 있다. 모든 자연의 산물에는 휘발성의 영묘한 정기(精氣) 같은 속성이 있다. 그런데 그 정기야말로 이 산물이 가지는 최고의 가치에 해당하는 것이며 그것은 우리 인간이 속되게 할 수도, 사거나 팔 수도 없는 것이다. 그리고 그런 기운은 과일이 자동차에 실려 시장으로 가는 동안 다 빠져나가는 것이니 우리가 가게에서 사 먹을 때는 이미 그와 같은 기운은 없는 것이다. 그러니까 나무에 달려 있거나 나무에 가까이 있을수록 영기는 더 있을 터이고 나무에서 멀어질수록 그것은 감소하여 없어지는 것일 터이다.

그런데 그런 영기는 어떻게 만들어지는 것일까. 말할 것도 없이 땅과 바람과 햇빛과 비, 그리고 벌레들과 새들과 밤의 별빛의 합작이다. 요컨대 저 자연의 숨결이 만든 것이다. 아마 무엇엔가 홀리면 그 무엇에 가까이 가게 마련인가 보다. 나는 그동안 두 번 사과밭에 가서 사과를 딴 일이 있다. 거기 어려 있는 영기 때문이겠지만, 사과 따기는 노동이 아니라 놀이요 기쁨이었다. 좋아서 벙글거리는 내 눈은 그 둥근 과일의 붉은 색깔을 따라가며 움직였고 더 잘 익은 것을 향해 더 높이 올라갔다.

그러니까 사과 따기는 나에게 미적(美的)인 활동이었고 그 활동 자체에 도취하는 것이었다. 물론 과일 농사는 힘든 일일 것이다. 과수원 아저씨의 말을 들어보면 매년 겨울 가지를 쳐주어야 하고, 여름 내내 몇 차례 농약을 뿌려야 하며, 과일이 익은 뒤에도 손이 모자라 미처 거둬들이지 못한다고 한다. 그렇다고는 하더라도, 그들이 노동의 어려움을 경감해주는 것에, 물론 그게 우선은 돈이라고 할 수 있겠지만, 과일이 갖고 있는 색깔과 형태와 향기의 거의 무의식적인 견인력도 포함시켜야 하지 않을까 한다. 다시 말해서 미적으로 둔감한 사람이라고 하더라도 과일의 위와 같은 성질들에 자기도 모르게 이끌려 노동

사과 이야기

의 어려움을 견디지 않겠느냐는 얘기이다. 자연의 산물들이 경제적 가치만을 지니고 있다면 우리가 사는 천지는 아주 메마른 곳이 될 것이다. 천지가 돈으로 환산되는 물건들만으로 가득 찰 것이기 때문이다.

그러나 다행히도 인간은 아울러 미적 차원을 열어왔고 미적 가치를 창조해왔다. 그리고 그런 가치를 창조할 수 있었던 사람들(예술가들) 덕분에 사물은 죽은 물건이기를 그치고 아름답게 살아날 수 있었던 것이다.

앞에서 얘기한 영기—사과나무와 과일에 어려 있는 그 영기를 느끼게 하는 영혼이 없었다면 어떻게 사과나무와 그 열매가 영기 속에 떠오르며 비교할 수 없는 가치를 지니게 될 것인가. 살려내는 건 아름다운 일이고 아름다움은 사물과 우리를 살려낸다.

[1999]

평화와 천진성의 세계
—장욱진의 그림

그의 그림을 보면서 우리가 어떤
충일감을 느끼는 것은 필경 우리가
잃어버린 천진성/원초적 시간의 회복
때문일 것이다.

장욱진의 그림을 보고 있으면 마음이 한없이 편안해지면서
무슨 설렘—흥겨움/즐거움/기쁨에 물들어 있는 그런 설렘이
일어나는 걸 느낄 수 있다. 안락함에 물들어 있는 그런 조용한
파동의 원천은 무엇일까. 그것은 아무래도 평화와 천진성인 것
같다.

장욱진의 그림은 갈등이 없는 공간이다. 나무, 새, 집, 해와
달, 산천, 가축 등 거기 있는 사물들은 모두 선, 색, 형태, 구도
등과의 공명 속에서 틀림없는 평화의 화신들이며 그 공간에 압
도적으로 넘치는 것은 절대적인 평화이다. 얼마나 압도적이냐
하면 그건 거의 평화의 선언처럼 들리며 평화를 위한 강력한
요구처럼 느껴지기도 한다. 그리하여 그의 그림은, 우리 가련한

인간에게 권력 의지 따위의 전투적인 의지뿐만 아니라 뿌리 깊은 평화 의지도 있음을 감동적으로 보여준다.

모든 생명은 사랑과 조화뿐만 아니라 갈등과 싸움 속에서 살아간다는 게 자연과 사회적 삶의 실상이고, 그것은 물론 욕망 때문이며, 그래서 괴로운 것이라고 한다면 장욱진 작품의 무욕(無慾)과 평화는 거의 정신 치료 효과가 있다고 해도 좋지 않을까 싶다.

그의 말을 빌려서 말해보자면 '욕망과 불신과 배타적 감정'은 그의 것이 아니며 '괴로움의 눈물을 달콤하게 해주는 마력'을 그의 그림은 가지고 있는 듯하다.

조금 달리 말해보자면, 그의 그림의 독자성은 천진성이 낳은 것이라고도 할 수 있다. 천진성이란 자연의 다른 이름이며 원초적 시간의 다른 이름이다. 그의 그림을 보면서 우리가 어떤 충일감을 느끼는 것은 필경 우리가 잃어버린 천진성/원초적 시간의 회복 때문일 터다. 그리고 이것은 예술 작품이 하는 일에서 대단히 중요한 몫을 차지한다.

그의 그림에 어려 있는 전설적인 공기도 그 천진성이나 원초성에서 나오는 것일 터다. 모든 어린 시절, 원시적 시간은 시간적 거리라고 하는 효모(酵母) 때문에 전설이 되며, 그러한 성질을 갖고 있는 표현은 전설적인 분위기를 띠게 마련이다. 장욱진의 그림이 일종의 도원경(桃源境)이라고 생각되기도 하는 것은 사람 사는 곳(동네)과 자연이 솔기 없이 이어져 있기 때문인데, 그림이 그렇게 된 것은 역시 그 천진성이나 원초성 때문이라고 할 수 있다.

그의 작품이 어떤 것은 화석처럼 보이고 어떤 것은 고대 동굴벽화처럼 보이는 이유도 그런 데 있지 않을까 한다.

그는 주로 새벽에 그림을 그렸고 그래서 자기의 작업은 새벽으로부터 출발한다고 말한 바 있다. 그런데 실은 그의 그림에서 우리는 항상 평화의 여명을 보며 천진성의 새벽을 본다. 그것들은 그 그림들에서 마악 동트고 있다.

그리고 그에게 술 마시는 일이 쉬는 것이었다면 우리는 그의 그림을 보는 일이 마음을 쉬는 것이라고 할 수 있다.

[1999]

평화와 천진성의 세계

새벽의 메아리

내면적 성찰과 균형을 이루지 못할
때는 살덩어리에 지나지 않을 것이다.
이래저래 섬세한 영혼이 그리운
시절이다.

따지고 보면 이 세상 사물들 중에 음악적으로 변역(變易)되
고 설명되지 않는 게 없다고 할 만큼 우리는 거의 모든 사물에
서 리듬을 보고 음악을 듣는다. 우주와 살아 있는 모든 것은 필
경 음악적으로 움직인다. 천체의 운행과 시간의 흐름, 그에 따
른 계절의 변화와 밤낮의 바뀜, 그리고 그러한 변화와 함께 진
행되는 우리 몸과 마음의 변화…… 그 모든 움직임은 리드미컬
하다.

새벽이라는 때 역시 그렇다. 새벽이라는 말은 어떤 시간을
가리키는 말이지만, 시간이란 공간과 맞물려 있는 것이기 때문
에, 그리고 우리는 공간 속에 있는 사물들을 통해서 시간을 알
수밖에 없기 때문에, 새벽이라는 시간은 그 시간 속에 있는 공

간과 더불어서 우리에게 지각된다.

나처럼 늦게 자고 늦게 일어나는 사람이 새벽을 느낄 수 있는 기회란, 아주 비음악적인 일이라고 할 수 있는, 민방위 비상소집 훈련 때밖에 없는 게 아닌가 싶다. 그러나 전에는 새벽을 느끼려고 산보를 나간 적이 없는 것도 아니다.

새벽을 느끼는 것은 우선 피부(촉각)와 눈(시각)이다. 물론 새벽을 들을 수 없는 건 아니지만 우리가 새벽을 지각하는 것은 그 기온과 빛 속에서이다. 기온은 하루 중 다른 시간에 비해 낮기 때문에 상쾌감이나 신선감이 느껴지는데, 이 신선감은 푸른 박명(薄明)의 새벽빛에서 오는 것이기도 하다. 그러니까 새벽의 기온과 빛은 서로 부추기면서 서로 속에 녹아 있다고 할 수 있다. 이러한 새벽빛의 원천은 물론 떠오르는 태양인데, 이것은 또 말할 것도 없이 지구를 포함, 태양을 도는 별들의 운행의 우주적 화음의 소산이다.

그런데 새벽은 황혼이나 밤과 마찬가지로—그러나 그 내용은 아주 다르게—우리로 하여금 '음악적인 상태'에 있게 한다. 내가 작곡가라면 새벽의 '새벽스러움'을 음(音)으로 표현해보고 싶다. 그러한 표현은 필경 새벽에 의해 자극된 마음 없이는 안 되는 것일 터이다. 음악적 상태란 자극된 마음속에 일어나는 일종의 움직임, 일렁임, 파도 같은 것을 가리킨다. 그것은 마땅히—마치 리듬의 속성이 그런 것과 마찬가지로—생명감으로 차 있으며 생기에 물들어 있는 상태를 말한다. 이러한 상태란 시인 릴케가 「음악에 대하여」라는 작품에서 말했듯이 "지친 심장 쪽으로/머리를 쳐들고 서 있는/시간"에 값하는 상태이며 "우리 속에 있는 가장 깊은 것/우리들 위로 솟아올라, 그 나갈 길을 여는 힘"이다.

그런데 새벽이야말로 '지친 심장 쪽으로 머리를 쳐들고 있는 시간'이며 '우리들 위로 솟아올라 그 나갈 길을 여는 힘'일 것이다. 새벽이라고 하는 바깥의 시공(時空)과 새벽을 느끼는 내 안의 시공은 동시에 신선감이나 생기 또는 생명감으로 부풀어 있는 시공이 된다. 이러한 상태를 잘 노래한 작품으로 칠레의 여자 시인 미스트랄의 '새벽'이 있다.

이 작품은 「시간」이라는 시 속에 '아침' '오후' '밤'의 소제목과 더불어 들어 있다.

내 심장은 부풀어 우주가

맹렬한 폭포처럼 들어올 수 있네.

새날이 오네. 그 옴이

나를 숨 막히게 하네.

나는 노래하네. 넘칠 듯한 동굴처럼

나는 내 새날을 노래하네.

잃었다 되찾은 은총을 위해

나는 겸손하게 서 있네. 주지 않네. 받네.

고르곤*의 밤이

피해서 도망칠 때까지.

시는 언어예술 중에서 가장 음악적인 글이라는 것, 그래서
우리는 시를 리듬 글이라고 부를 수 있다는 것은 다 아는 사실
이지만, 위와 같은 노래 역시 시인의 영혼이 새벽에 자극되어
부풀지 않고는――즉 음악적인 상태가 되지 않고는――나올 수
없는 것으로서 시인은 새벽을 보통 이상으로 듣고 보고 느꼈다
고 할 수 있다. 그러니까 작품에 나오는 부푼 심장, 맹렬한 폭
포, 넘칠 듯한 동굴 등은 모두 음악적인 현상이며 숨 막힌다든
가 노래한다는 것은 말할 것도 없이 음악적 상태이다. 그리고
그러한 작품을 쓸 수 있었던 것은 새벽의 음악을 시인이 들었
기 때문이다.

새벽을 특징짓는 것들――가령 신선감이나 생기, 박명의 푸른
빛, 새로운 시작 속에 들어 있는 부푼 기운은, 앞에서 얘기했듯
이, 우선 촉감과 시각이라고 하는 감각이 낳은 것이라고 할 수
있는데, 그러한 것과 걸맞은 음악 작품은 아무래도 모차르트의
피아노곡이라고 해야겠다. 모차르트의 작품은 하루의 어느 시
간하고도 두루 잘 어울린다고 할 만하지만 특히 장조로 된 피

---

* 고르곤(Gorgon)은 그리스신화에 등장하는 머리털이 모두 뱀으로 되어
있다는 세 자매 중의 하나로, 그것을 보는 사람은 무서운 나머지 돌로
변해버린다고 한다.

아노곡들은 새벽의 감각 바로 그것이라고 할 수 있다. 이른 아침 모차르트의 음악에 잠이 깨는 것은 문자 그대로 은총이라고 말할 수 있다. 그럴 경우 그의 음악은 청명한 새소리—옛날에 시골에서는 아침마다 들었으나 지금은 들을 길 없는 그 청명한 새소리와 전혀 다르지 않다. 가령 바그너의 음악을 생각하면 아주 분명해질 것이다. 바그너는 새벽하고는 잘 어울리지 않는다. 역시 오후나 밤하고 어울리는 게 바그너가 아닐까.

어떻든 그러한 새벽의 감각을 나는 여러 해 전에 '새벽의 피'라는 제목으로 써본 일이 있다.

아, 새벽 거리. 봤나? 그 속으로 지나왔지. 그 속으로? 차고 맑은 새벽의 피 속으로. 그렇지. 내 따뜻한 피를 섞었지. 내 몸 속의 한 줄기 파란 감각……새벽의 푸른 육체 속으로 뚫린(나의 육체가 지나오면서 그린) 한 줄기 따뜻한 구멍, 새벽은 아주 태연했어. 비정(非情)할 만큼. 아니 새벽은 아주 믿음직스러웠어. 믿을 수 있는 건 모든 서두르지 않는, 모든 태연한 것들이라고 생각될 만큼. 그 차고 맑은 피 속에 네 따뜻한 피를 섞어봐. 아 새벽 거리.

—「새벽의 피」전문

좀 쑥스러운 느낌이 없지 않지만, 그때 나의 느낌의 밀도는 새벽의 차고 맑은 피와 나의 따뜻한 피를 섞는 정도였고 새벽의 푸른 육체와 나의 육체가 섞이는 정도의 것이었는데, 이러한 졸작 역시 마음이 음악적 상태에 있지 않고는 씌어질 수 없는 것이라고 해야 옳을 것이다.

새벽의 감각을 여실하게 보여주는 이미지를 우리는 랭보의 「새벽」이라는 작품에서 발견한다. 앞에서 새벽이라는 시공이 음악적 상태에 있으며 그것은 마음 안팎이 다 그렇다는 얘기를 했는데, 아닌 게 아니라 새벽의 푸른 박명 속에서 진행되는 은밀한 빛의 변화 역시 기체(氣體)의 미립자들 속에 녹아 있는 명암의 혼융이라는 모습으로 나타난 음악이라고 할 수 있다. 즉 그것은 음악적 상태에 있으며 동시에 음악적 대상이 된다. 랭보의 시는 그러한 마음 안팎의 움직임을 섬세하게 느끼고 있음을 보여준다.

나는 여름 새벽을 품에 안았다.

저택들 앞에는 아직 움직이는 게 없다. 물은 죽었다. 어스름의 때는 길을 떠나 숲으로 가려 하지 않는다. 나는 걸어간다. 따뜻하고 살아 있는 공기를 깨우며, 돌들은 쳐다보고 날개들은 소리 없이 솟아올랐다.

벌써 차고 흰 반짝임으로 가득 찬 길에서 첫번째 일어난 일은 그 이름을 내게 말해준 한 송이 꽃이었다.

나는 소나무 숲으로 떨어지는 갈색 폭포를 보고 웃었다. 그 은 빛 꼭대기에서 나는 여신을 보았다.

나는 그녀의 베일을 하나씩 하나씩 벗겼다. 내가 손을 흔든 숲 길에서, 들에서 나는 그녀의 이름을 수탉한테 주어버렸다. 도시에 서 그녀는 첨탑들과 둥근 지붕들 사이로 도망쳤다; 그리고 대리석 부두를 따라 나는 도둑처럼 뛰면서 그녀를 쫓았다.

길 위 언덕진 월계수 숲 근처에서 나는 그녀의 모든 베일 속에 그녀를 쌌고 그녀의 몸의 어떤 광대함을 느꼈다. 새벽과 아이는 숲 끝에서 무너졌다.

깨어보니 한낮이었다.

—「새벽」 전문

작품 속의 '나'는 여름날 새벽에 주택가를 지나 숲으로 가고 있다. 길은 아직 어스름(박명) 속에 놓여 있다. "돌들은 쳐다보 고"라고 했듯이, 어스름 속에서는 모든 게 살아 있는 것으로 느 껴진다. 이것은 우리가 박명 속에서 늘 체험하는 것이다. 돌들 도 살아 있기 때문에 쳐다본다. 애니미즘이란 말을 들먹거릴 필요도 없이 그것이 어슴푸레한 박명의 마술이다. 그러니까 박 명은 음악의 신인(神人)이며 리라의 명수인 오르페우스—그가 연주를 하면 맹수도 바위 같은 무생물도 춤을 추었다는——의 혼이 대기 속에 풀어져서 된 것임에 틀림없다는 생각이 든다. 또 소리 없이 솟아오르는 날개들은 새벽이 숨겨 가지고 있는 가장 감동적인 음악 중 하나이다.

그러나 날은 더 환해져서 대기는 차고 흰 반짝임으로 가득 차는데, 그 속에서 일어난 첫번째 일, '사건'은 피어난 한 송이 꽃이다. 자연은 물론 음악 아닌 것이 없다. 천둥·번개·바람·파도·사계의 순환, 새와 풀벌레 소리, 피고 지는 꽃들…… 그런데 음악이 예술의 꽃이라고 한다면 꽃은 자연이 피워낸 가장 아름다운 음악이라고 할 수 있다. 그리고 랭보가 새벽에 만난 한 송이 꽃은 그의 마음을 설레게 하여 한 편의 시를 쓰게 했던 것이다. 이러한 설렘이 우리 마음의 음악적 상태라고 앞에서 말한 바 있는데, 여기서 다시 환기하고 싶은 것은 시가 리듬 글이라는 사실이다. 시는 그걸 쓰는 사람의 마음이 다소간에 음악적 상태에 있지 않고는 잘 나오지 않는 노래라고 할 수 있는데, 위의 작품에서 시인을 자극하여 그의 마음을 설레게 한 사물은 우선 새벽 자체일 것이다.

그러나 앞에서도 얘기했듯이 우리가 새벽을 구체적으로 느낄 수 있는 것은 그 시간의 기온과 빛, 그 시간에 특히 들을 수 있는 소리들과 움직임을 통해서이다. 그렇다면 「새벽」이라는 작품에서 시인으로 하여금 새벽을 느끼게 한 것은 따뜻하고 살아 있는 공기, 자기를 쳐다보는 돌들, 소리 없이 솟아오르는 날

새벽의 메아리

개들, 차고 흰 반짝임, 한 송이 꽃, 소나무 숲과 갈색 폭포, 수탉, 첨탑들과 둥근 지붕들, 대리석으로 되어 있는 부두 따위이다.

새벽에 소나무 숲으로 떨어지는 갈색 폭포는 어떤 인공 음악과도 다른 숲속의 음악일 텐데, 시인은 그 은빛 꼭대기에서 여신을 본다. 이 여신은 물론 흰 반짝임으로 가득 찬 새벽 공기가 만들어낸 신기루이다. 이러한 분위기—빛과 공기가 섞이면서 만들어내는 분위기—가 만들어내는 환영(幻影)을 우리는 또한 드뷔시의 음악에서도 본다. 그러한 환영은 물론 바깥의 물질적인 상태와 느끼는 쪽의 감각이 서로 작용해서 생기는 조화(造化)이다.

어떻든 시인은 여신한테 홀려 도둑처럼 쫓아간다. 그리고 여기서 베일이라고 하는 것은 여신의 신비, 뚜렷하지 않음, 몽롱한 분위기, 빛과 공기가 만드는 새벽의 어떤 상태 등을 뜻하는 것이겠는데, 마침내 시인은 여신을 그녀의 모든 베일 속에 싸고 그녀의 몸의 어떤 광대함을 느낀다. 이 광대함은 릴케가 음악에 대해서 느꼈던 광대함과 비슷한 바 있다. 릴케는 앞에 몇 구절 소개한 「음악에 대하여」에서 계속 이렇게 쓰고 있다.

우리 속의 가장 깊은 지점이

놀라운 먼 공간으로서

대기의 다른 쪽으로서 외재(外在)하는 것;

순수하고,

광대하고,

지금 살려는 우리를 위한 게 아닌.

여기서 음악의 광대함은 새벽의 광대함과 다를 게 없는 것으로서, 이것은 우리의 정조(情調) 공간의 광대함, 내면 공간의 광대함이며, 음악이 열어주고 팽창시키는 세계의 광대함이고, 같은 상태를 다른 말로 표현하는 것이겠지만, 동터오는 새벽 공간처럼 신선하게 부풀어 오르는 우리 심장의 팽창의 광대함이다.

그런데 정작 우주적 광대함을 느끼게 하는 아주 섬세한 울림을 우리는 새벽 꽃을 노래한 로르카의 「메아리」라는 작품에서 듣는다.

새벽 꽃이 벌써
　자기를
　　열었다.
（기억하는가
오후의 깊이를?）

이것은 두 연으로 되어 있는 작품의 첫 연인데, 이 아름다운 작품은 우리 마음과 외계를 제목 그대로 메아리로 가득 채운다. 새벽 꽃이 '자기를 열었다'는 말은 새벽 꽃이 '피었다'는 말과 아주 다르다. 우리 귀에는 들리지 않는, 꽃이 열리는 소리는 자연의 가장 신비하고 아름다운 음악일 텐데, 꽃이 자기를 여는 것은 아주 능동적인 일이다. 그것은 가령 새들이 잠에서 깨어 지저귀고 날아오르는 것처럼 새벽과 더불어 시작하는 살아 있는 것들과 새벽과의 교감이요 반향이다. 그렇다면 새벽에 자기를 여는 꽃을 보고 이런 작품을 쓰는 시인 역시 새벽의 메아리를 되울리는 꽃, 자기를 여는 꽃이 아니고 무엇이랴. 어떻든 새벽에 핀 꽃은 새벽의 메아리다. 그렇다면 이제는—새벽 꽃이 자기를 열었을 때는—새벽 또한 꽃의 메아리인 것이다. 그러니까 꽃은 새벽의 메아리요 새벽은 꽃의 메아리라고 할 수 있다. 그것들은 서로 반향한다. 우주적 음악이다.

그런데 놀라운 것은 자기를 연 새벽 꽃에서 '오후의 깊이'를 느낀다는 것이다. 괄호 속에 들어 있는 구절 "기억하는가/오후의 깊이를"에서 우리는 이 오후가 어제 오후인지 아니면 장차 올 오늘의 오후인지를 생각해볼 수 있다. 그러나 물론 여기의 오후는 과거의 오후들과 미래의 오후들 전부이다. 즉 모든 오후이다. 어떻든 여기서 오후는 새벽 꽃의 메아리인데 그 오후는 '깊은' 오후이다. 즉 새벽 꽃이 오후를 '깊게' 한다. 이 이야기를 우리의 얘깃거리가 의도하는 바에 맞게 다시 해석해본다면 오후는 새벽의 메아리인 것이다. 이것은 마치 성년(成年)이 어린 시절의 메아리인 것과 마찬가지이다. 그렇다면 우리가 아침·저녁, 오전·오후, 낮·밤이라고 나누어서 부르는 그 시간들은 서로 메아리 관계에 있다고 할 수 있다. 우리가 나누어서 부르는 때들——사계나 일생의 여러 단계도 포함해서——은 서로 반향하고 있으며, 이 반향은 마침내 시작도 끝도 없는 원형(圓形) 운동을 한다. 가위 우주적 음악이라고 할 수 있다.

그런데 물론 새벽 꽃에서 오후의 깊이를 들은 사람은 시를 쓴 사람이다. 그렇다면 시인은 사물의 메아리들의 매체(媒體)나 안테나라고 할 수 있겠는데, 위 작품의 경우, 새벽과 꽃과 시인은 서로 구별이 가지 않는다. 즉 어디까지가 새벽이고 어디까지가 꽃이며 어디까지가 시인인지 분간이 되지 않는다. 그 깊이 속에서 보자면 사물은 음악의 소용돌이 속에 있으며 서로 울리고 되울리는 관계 속에 있다.

오늘날 '때'에 대한 명상적 성찰은 거의 없다고 할 정도로 드물어간다. 새벽에는 조깅만 하면 되고 낮에는 일에 쫓기며 밤에는 잠자면 된다. 육체는 물론 중요한 것이요 인간은 우선 육체로서 이 세상에 있는 것이지만 내면적 성찰과 균형을 이루지 못할 때는 살덩어리에 지나지 않을 것이다. 이래저래 섬세한 영혼이 그리운 시절이다.

이렇게 거칠고 시끄러운 세상에서, 다시 말하면 비음악적인 세상에서, 사람들이 죽으려고 모여드는 도시에서, 가라앉아가고 있는 한 도시인으로서, 새소리가 들리고 꽃이 피는 소리를 들을 수 있는 새벽이 그립구나!

[1978]

아름다움에 대하여

마음이 무거울 때 나를 그 무거움에서
헤어나게 하는 것은 자연과 시이다.

1

사흘 내내 겨울비가 내리다가 검은 구름이 걷히면서 해가 났을 때, 그 씻은 듯한 날빛 속에, 창밖으로 내다보이는 잎 다 떨어진 12월 홍단풍나무 가지에 맺힌 무수한 물방울이 반짝이는 걸 보는 순간, 나도 모르게 아— 하는 찬탄이 터져 나온다. 수정이니 다이아몬드니 하는 보석들의 이름을 모두 그 나뭇가지에 매달아보아도 그건 여전히 진부한 비유일 뿐, 낱낱 물방울들이 한결같이 태양 하나씩을 머금고 있는 그 광휘에는 까마득히 미치지 못한다. 그 광경은 물론, 사흘 동안 계속된 겨울비와 춥고 음산한 날씨, 어느 날 갑자기 알려진 경제 파탄 소식에 따른 우울한 기분 따위를 배경으로 더욱 찬란한 게 되었겠지만, 어떻든 그 물방울들 속에는 태양이 하나씩 들어 있어 무수한 태양이 반짝이고 있었으며, 그걸 보는 순간 내 몸과 마음도 반짝이기 시작했던 것이다.

2

마음이 무거울 때 나를 그 무거움에서 헤어나게 하는 것은 자연과 시이다. 봄비나 여름비와 달리 겨울비가 음산한 까닭은, 추운 데다가 낙목(落木)을 비롯해 모든 게 회색이기 때문일 터인데, 날이 개고 해가 나면서 반짝이기 시작하는 그 물방울의 빛을 보면서 보는 사람의 몸과 마음도 빛을 발하기 시작한다는 것은, 그 빛의 이쪽으로의 전도(傳導)가 그야말로 육체적이라고 할 만큼 직접적이고 강력하기 때문이다. 그러니까 빛에 대해서 (가령 여러 종교가 말하듯이) 추상적인 이야기를 아무리 많이 해 봤자 그 물방울이라는 빛 전도체에 비하면 아무 효과도 없는 것이라고 할 수 있으며, 그 물방울-빛과 경쟁할 수 있는 게 있다면 시적 이미지뿐일 것이다.

또 새와 나무는 우리한테 얼마나 큰일을 하는가. 만일 이 세상에 새가 없었다면 가벼움과 비상에 대한 인식과 관념 그리고 이미지를 얻을 수 없었을 것이고, 따라서 도약과 가벼움에 대한 의지(意志)도 없었을 것이며, 그리하여 우리의 삶은 무겁고 무거운 것이 되었을 것이다.

나무도 마찬가지. 땅에 뿌리를 박되 하늘을 향해 올라가 가지를 뻗고 잎과 꽃을 피우는 둥근 나무들은 탄력과 도약의 화신이며, 그걸 바라보는 우리의 정신과 육체에 끊임없이 탄력을 불어넣고 상승의 꿈을 고취하는 존재이다. 그러한 나무의 일은 그걸 느끼는 사람한테는 말할 것도 없지만 그렇지 않은 사람한테도 은연중에 위에 말한 미덕을 발휘하고 있다고 생각되는데, 우리가 숲을 걸을 때 발걸음이 가벼워지는 까닭도(맨땅을 밟는 것과 함께) 그런 데 있을 터이며, 그리하여 숲을 걸으면서 우리는 나무와 함께 푸르고 나무와 함께 솟아오르는 것이다.

나는 또 어느 날 숲길을 걷다가 오솔길을 가로질러 가고 있는 달팽이를 발견하고 그 자리에 앉아서 한참 들여다본 일이 있다. 자세히 보지 않으면 움직이는 걸 거의 알아챌 수 없을 정도로 천천히 움직이고 있었는데, 폭이 30센티미터도 채 안 돼 보이는 오솔길을, '조급함'이라는 치명적인 병이 거의 또 하나의 본성처럼 되어버린 우리로서는 '한없이 오래'라는 느낌이 들 만큼 천천히 건너가는 것이었다. 흔히 지적되어왔듯이 오늘날 악(惡)의 근원 중 하나가 '서두름'이라는 사실에 비추어, 그리고 그 병을 고치는 처방으로 나는 자연의 보폭에 발걸음을 맞추는 걸 이야기해왔으므로, 나는 달팽이의 그 한없이 느린 움직임을 보며 일종의 법열(法悅) 속에 마음이 넘쳐흐르고 신경증과 같은 온갖 마음병이 단숨에 낫는 것 같은 느낌에 잠겼다. 그 달팽이는 말 그대로 법신(法身)인데, 그것은 아주 중요한 지혜를 말이 아니라 온몸으로 보여주는 것이니, 금박을 입히고 가죽 껍데기로 싼 어떤 두꺼운 경전보다도 위대한, 살아 있는 경전인 것이다.

아무리 작은 미물이라고 하더라도 자연 속의 모든 생명체는 경전 아닌 게 없으며, 그것도 인간이 만든 다소간 불순한 경전들에 비해 참으로 순정하고 뜻깊으며 살아 있는 경전이다.

3

그러니까 자연을 가까이하고 그 속의 살아 있는 것들을 관상(觀想)하라는 얘기는 그냥 해보는 헛소리가 아니라, 자연이 지혜의 바다요 몸과 마음을 위한 에너지의 원천이기 때문이다. 그리고 예술을 가까이하라는 얘기도 그냥 무슨 멋있는 소리를 하자는 게 아니라 시, 음악, 무용, 미술 등 예술 작품이 인공 자연이기 때문이며, 그 인간적 굴절을 거친 자연으로부터도 우리의 생명력/탄력/꿈을 유지하는 데 실제로 필요한 에너지를 공급받기 때문이다.

참된 건 아름답고 아름다운 건 참되다. 그리고 자연과 예술이 우리의 개인적·사회적 고양(高揚)을 위한 에너지의 원천인 까닭은 말할 것도 없이 그것들이 아름답기 때문인데, 그러한 아름다움을 관상하는 미적 체험이 정작 필요한 사람들이, 요새 정치·경제가 엉망진창이기 때문에 하는 소리지만, 정치·경제 종사자들이라고 생각한다. 이 나라의 정치·경제가 제대로 되려면, 넓게 말해서 문화적 소양이 무엇보다도 그 사람들한테 필요하다고 생각한다.

오늘의 경제적 파탄에 직면해서 우리가 속상하고 화나고 창피한 것은, 알고 보니 돈이 하나도 없다, 알거지다 해서 그런 게 아니라, 정치·경제 종사자들의 거짓말, 무능, 부패, 나태의 정도를 확인했기 때문이다.

사람됨이란 타고나는 것도 있고 또 여러 과정과 체험을 통해 만들어지는 면도 있을 터인데, 어떻든 우리의 운명과 직결돼 있는 정치·경제 일꾼들한테 문화적 소양이 상당히 있었더라면 이렇게 되었을까 싶은 생각을 나는 떨쳐버릴 수가 없다. 왜냐하면 미적 체험(아름다움)은 어떤 추상적인 도덕적 훈화나 명령보다 훨씬 더 근본적이고 항구적으로 사람을 끌어올리고 변화시킨다고 생각하기 때문이다. 한 가지 예를 들자면, 자연과 예술에서 얻는 미적 체험은 아무래도 우리를 내적으로 부유하게 하며 지나친 물질적 소유(욕심)나 허세 없이도 비교적 평정을 유지할 수 있게 한다고 할 수 있다.

4

최근에 나는 내가 타고 다니는 버스에서 두 사람이 꽃다발을 들고 있는 걸 본 일이 있다. 버스 안에서 꽃다발을 든 사람을, 그것도 두 사람이나 보는 건 흔치 않은 일인데, 한 젊은 여자는 장미 다발을 들고 있었고 또 한 남자는 국화 다발을 들고 있었다. 그 꽃들이 버스 안을 환하고 환히 밝혀, 여기가 달리는 낙원이구나 싶은 생각이 절로 났고 내 마음은 넘쳐흘러 그날 저녁 시를 하나 끼적거려놓았는데, 그 시를 읽으면서 이 글을 끝낼까 한다.

내가 타고 다니는 버스에
꽃다발을 든 사람이 무려 두 사람이나 있다!
하나는 장미-여자
하나는 국화-남자.
버스야 아무 데로나 가거라.
꽃다발 든 사람이 둘이나 된다.
그러니 아무 데로나 가거라.
옳지 이륙을 하는구나!
날아라 버스야,
이륙을 하여 고도를 높여가는
차체의 이 가벼움을 보아라.
날아라 버스야!

—「날아라 버스야」 전문

[1997]

3부 빛-언어 깃-언어

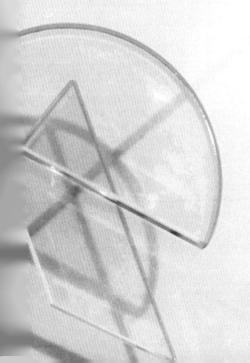

시란 무엇인가*

우리의 삶은 가난하더라도 꿈은
가난한 법이 없으며 그것이 노래인
한 그것은 슬픔의 꿈을 충족시키며
기쁨의 아늑함으로 둘러싸여
있습니다.

시를 쓰는 사람으로서 말씀드리자면, 시에 대해서 '생각'하
는 것은 가장 적절하지 못한 일 중 하나입니다. 시는 우리가 그
것에 대해 생각하기 전에 이미 있는 것이고, 그것에 대해 생각
하기 전에 우리에게 오며, 그것에 대해 생각하기 전에 우리는
시 속에서 살고 또 시도 우리 속에서 살고 있기 때문입니다. 그
것은 마치 나무가 공기나 햇빛 또는 물에 대해서 생각하지 않
지만 그것들 속에서, 그것들에 의해 사는 것과 마찬가지입니다.

---

* 이 글은 1982년 10월 스웨덴 스톡홀름대학의 한국 현대문학 심포지엄
에서 발표한 것이다. 애초의 제목은 '시와 자기동일성'이었다. 이 글에
인용된 로르카의 시들은 『강의 백일몽』(정현종 옮김, 민음사, 1994)에
수록되어 있다.

우리가 시를 읽는다는 것(넓게는 독서 행위)은 물론 나무의 경우처럼 순전히 수동적인 일은 아닙니다. 읽는다는 것은 수동적이면서 동시에 능동적인 일이기 때문입니다. 능동적이라는 것은 우리가 작품을 읽는다는 이야기이고 수동적이라는 것은 우리가 작품에 의해서 겪는 변화를 두고 하는 말입니다. 그러나 이때의 수동성은 얼마나 능동적인 일입니까. 우주나 자연이 그것을 읽어내는 사람의 것이듯 시도 그것을 읽어내는 사람의 것이기 때문입니다. 다시 말하면 자연이 그 속에 수많은 작은 태(胎)와 씨앗을 품고 있는 하나의 커다란 태이듯 시의 공간은 우리를 새로 태어나게 하는 태이며 씨앗입니다. 특히 시의 언어는 다른 종류의 언어에 비해 이러한 태의 성질을 더 가지고 있습니다. 우리가 시를 읽을 때 감동한다는 것, 시를 읽을 때 우리의 감정과 의식이 팽창한다는 것은(아이를 밴 배에 대한 연상을 통하여 구체적으로 지각할 수 있듯이) 시적 언어 공간이 우리를 뱄다는 이야기이며 그리하여 우리가 새로 태어난다는 말에 다름 아닙니다. 시는 새로운 존재의 모태입니다. 그리고 옛날이나 지금이나, 아니 오늘날에는 더욱더, 사람의 새로운 탄생은 우리의 가장 강력한 요구로 남아 있습니다. 이것은 우리의 삶과 세계가 살 만한 과정이며 살 만한 자리이기를 바라는 모든 사람들의 꿈일 것입니다.

앞에서 시에 대해서 생각한다는 것이 적절하지 않은 일이라고 한 말은 위에서 얘기한 시의 자기동일성과 관련이 있는 애기입니다만, 그렇다면 시와 우리와의 접촉 양상을 드러내는 가장 적절한 말은 무엇일까요. 나는 이렇게 말하고자 합니다—우리는 시를 숨 쉰다고. 우리는 시를 읽는다기보다는 시를 숨 쉽니다. 시를 숨 쉰다는 것은 나의 개인적인 체험으로는 그 말이외의 다른 말로 설명될 수 없는 말입니다만, 그래도 그렇게 말하는 까닭을 이야기해볼까 합니다.

숨은 말할 것도 없이 생명의 가장 확실한 징표입니다. 모든 살아 있는 것은 숨을 쉰다는 것이 생물학적 진실이니까요. 그러나 여기서 말하고 있는 숨의 뜻은, 짐작하셨겠지만, 마음의 차원과 사회적 차원을 다 가지고 있습니다. 말하자면 은유적인 의미를 가지고 있습니다. 우리는 무슨 일이 잘 안되거나 살기가 어려울 때 답답하거나 숨 막힌다고 말합니다. 또 곤경이나 급박한 상황, 어떤 일의 와중에서 잠시 벗어날 때 한숨 돌린다, 숨통을 틔운다고 합니다. 말하자면 심리적 억압이나 육체적 긴장 또는 사회적 억압으로부터 해방되는 순간이지요. 마음 안팎의 답답한 상태, 나쁜 상태에서 벗어나는 순간입니다. 무거움으로부터의 해방이지요. 마치 무용가가 높이 뛰어올라 용약(踊躍)의 정점에 이를 때 중력으로부터 해방되듯이, 시는 우리의 마음에 숨을 불어넣어 정신으로 하여금 용약하게 함으로써 우리를 무거움에서 해방합니다. 모든 예술이 다 그렇겠습니다만, 시는 우리로 하여금 그러한 해방이나 열림의 순간을 체험케 하기 때문에 시를 자유의 숨결이라고 말할 수 있습니다. 숨이란 활

시란 무엇인가

기의 다른 이름입니다. 우리는 살아가면서 개인적으로든 사회적으로든 좌절과 정체를 경험합니다. 또 일반적으로 우리의 의식과 감각은 무디어지고 타성적이 되기 쉽습니다. 이 경향 속에는 자기방어를 위한 무의식적 고의가 들어 있다고 할 수도 있습니다만, 사람의 삶이 유지해야 할 마땅한 수준에 비추어 보아 그러한 상태는 나쁜 상태임에 틀림없습니다. 우리나라에는 죽은 고기는 물결에 실려 떠내려가고 산 고기는 물결을 거슬러 올라간다는 얘기가 있고, 괴테는 『젊은 베르테르의 슬픔』에서 이 세상을 나쁘게 만드는 것은 어떤 간악한 의도보다도 오히려 오해와 타성이라는 말을 하고 있습니다. 우리가 죽음이라는 말을 쓸 때 그것은 사실적인 의미로 쓰이기도 하고 은유적인 의미로 쓰이기도 합니다만, 오늘날 우리는 세계의 도처에서 죽음을 봅니다. 실제 죽음은 물론 산 죽음이라고 할 수 있는 현상도 미만해 있습니다. 우리의 의식과 감수성이 충분히 신선하고 민감한 때 우리가 정말 살아 있는 것이라고 한다면, 시는 이러한 신선함과 민감성을 회복시키는 숨결입니다. 시는 우리를 마비시키는 모든 것에 대한 저항이기 때문에 우리는 시를 또한 생명의 숨결이라고 말할 수 있습니다. 바람이 우주의 숨이듯 시는 우리의 마음을 바람처럼 움직여 우리를 활력 속으로 열어놓으며 그래서 세상의 생기의 원천이 되어왔습니다. 그래서 숨은 또한 정신의 기운 자체를 일컬으며 심신의 역동적 움직임을 구체적으로(감각적으로) 느낄 수 있게 하는 말이기도 합니다. 그리고 시는 문명과 제도와 이데올로기에 의해 왜곡되고 쭈그러든 인간의 원초적 자아가 회생하는 공간이기 때문에 또한 자연의 숨결이기도 합니다.

우리가 시를 읽는다기보다는 시를 숨 쉰다고 말하는 것도 위와 같은 연유에서이며 그래서 시를 산다는 말도 가능해집니다.

그런데, 숲이 산소의 원천이듯이, 시의 숨의 원천, 따라서 우리의 숨의 원천은 꿈입니다. 한국어의 '꿈'이라는 말은 상상, 몽상, 이상, 비전, 잠자면서 꾸는 꿈, 야심, 헛됨 등의 말들이 뜻하는 바를 모두 함축하고 있습니다. 그러니까 그 말이 놓여 있는 문맥에 따라서 뉘앙스가 달라지겠지만, 의미의 층이 그만큼 두터운 말도 흔하지 않을 것입니다.

돌이켜보면 나는 그동안 꿈이라는 말을 되풀이해서 써왔습니다. 약 10년 전 나는 「사물의 꿈」이라는 일련의 작품을 발표하기 시작했고 그 제목이 의미하는 바를 에세이로 쓰기로 했습니다. 그때의 나의 믿음은 사물의 꿈이 곧 나의 꿈이라는 것이었습니다. 즉 나의 시적 대상들, 내가 노래하는 것들—그게 한 그루 나무이든 사회적 사건이든 아니면 정신적 미덕이든 간에—은 나를 통해서 그들의 꿈을 실현한다는 것입니다. 또 달리 말해본다면 나 자신이 내가 노래하는 '그것'이 되어야 한다는 이야기도 됩니다. 옛날 중국의 어떤 화가는 나무를 그리기 전에 자기 자신이 나무가 되기 위해 나무가 될 때까지 나무를 바라보았다고 합니다만(사실 동양의 선사나 서양의 신비가들에게

시란 무엇인가

는 진리를 터득하거나 신을 만나는 데 '본다'는 것이 매우 중요한 방법
이며 과정이었습니다) 사실상 그것은 불가능합니다. 또 내가 나
무가 되면 나는 나무를 그릴 수 없게 됩니다. 내가 노래하는 그
것이 될 수 없다는 사정 때문에 나는 한때 매우 슬퍼했었고 그
것이 또 시인의 비극이라고까지 생각한 적이 있습니다만, 실은
이 지점에서 시는 탄생합니다.

앞에서 내가 나무가 되는 것은 사실상 불가능하다는 말을 했
습니다만, 그것이 유추적으로는 가능합니다. 시의 언어를 유추
적 언어라고 하는 것은 잘 알려진 얘기입니다만, 내가 나이면
서 동시에 나무일 수 있는 공간이 시의 공간입니다. 다시 말하
면 나와 나 아닌 것, 이것과 저것, 서로 다른 것들이 자기이면서
동시에 자기 아닌 것이 될 수 있는 공간이 시의 공간입니다. 시
를 가리켜 예술과 역사, 인간과 자연, 성(聖)과 속(俗)을 연결하
는 다리라고 하는 까닭도 그런 데 있을 것입니다.

그런데 그런 융합을 가능하게 하는 것이 꿈 또는 상상입니
다. 상상의 구체성이 육체에 의해 획득되듯이 꿈은 현실의 소
산이라는 점 때문에 그 구체성을 획득합니다. 즉 꿈의 뿌리는
역사 속에 박혀 있으며, 꿈이 아름답다면 그것은 꿈이 역사=결
핍으로부터 양분을 빨아올리고 있기 때문일 것입니다. 이것이
우리 삶의 비극적 구조이기도 합니다. 한용운의 작품에 「님의
침묵」이라는 시가 있습니다.

님은 갔습니다. 아아, 사랑하는 나의 님은 갔습니다.

푸른 산빛을 깨치고 단풍나무 숲을 향하여 난 작은 길을 걸어서 차마 떨치고 갔습니다.

황금의 꽃같이 굳고 빛나던 옛 맹세는 차디찬 티끌이 되어서 한숨의 미풍에 날아갔습니다.

날카로운 첫 키스의 추억은 나의 운명적 지침(指針)을 돌려놓고 뒷걸음쳐서 사라졌습니다.

나는 향기로운 님의 말소리에 귀먹고 꽃다운 님의 얼굴에 눈멀었습니다.

사랑도 사람의 일이라 만날 때에 미리 떠날 것을 염려하고 경계하지 아니한 것은 아니지만, 이별은 뜻밖의 일이 되고 놀란 가슴은 새로운 슬픔에 터집니다.

그러나 이별을 쓸데없는 눈물의 원천으로 만들고 마는 것은, 스스로 사랑을 깨치는 것인 줄 아는 까닭에, 걷잡을 수 없는 슬픔의 힘을 옮겨서 새 희망의 정수박이에 들이부었습니다.

우리는 만날 때에 떠날 것을 염려하는 것과 같이 떠날 때에 다시 만날 것을 믿습니다.

아아, 님은 갔지마는 나는 님을 보내지 아니하였습니다.

제 곡조를 못 이기는 사랑의 노래는 님의 침묵을 휩싸고 돕니다.

마지막 구절 "제 곡조를 못 이기는 사랑의 노래는 님의 침묵을 휩싸고 돕니다"에 주목하기 위해서 작품 전부를 옮겨보았

시란 무엇인가

습니다만, "사랑의 노래"는 "님의 침묵"이 낳은 것입니다. 님은 있을 터이지만 침묵하고 있기 때문에 우리는 님을 들을 수 없고 볼 수 없습니다. 이 시인의 작품에서 님은 있어야 하는데 없는 것, 부재하는 어떤 것, 결핍을 표상하는 것이라고 볼 수 있습니다만, 님을 들을 수 없고 볼 수 없기 때문에, 님이 부재하기 때문에, 있어야 하는 것이 없기 때문에 시인의 사랑의 노래는 걷잡을 수 없이 흘러나와 결핍을 휩싸고 돕니다. 장차 님을 만날 것을 믿는 믿음의 근거는 다름이 아니라 님의 침묵을 휩싸고 도는 사랑의 노래——꿈입니다. 꿈은 움직임이며 행동입니다. 시를 쓰는 것은 그러니까 님을 부르는 주술이며 님이 오도록 길을 놓는 행위이며 없음과 있음 사이에 다리를 놓는 일입니다. 이 꿈이 낳은 노래의 숨결은 마침내 그 노래를 듣는 사람의 영혼에 스며들어 우리로 하여금 꿈의 육화에 참여하게 합니다. 이것은 개념적으로 생각하면 결핍의 고통을 나누는 일이겠습니다만, 시를 읽는 순간 우리는 니체가 음악과 춤에 부여한 의미——개별성의 소멸 속에 들어 있는 기쁨을 느낍니다.

우리의 삶은 있는 것과 있어야 하는 것 사이의 긴장입니다. 그러나 아이로니컬하게도 있어야 하는 것은 있는 것으로부터 나옵니다. 있는 것을 있는 그대로 볼 때 그것은 있어야 하는 것을 낳기 시작합니다. 앞에서 사물의 꿈에 대해 얘기했습니다만, 우리의 꿈이 정당성과 구체성을 획득하는 것은 그것이 구체적인 사물과 역사 속에 뿌리박고 있기 때문입니다. 꿈은 그러니까 있는 것과 있어야 하는 것 사이에 있는 어떤 공간이며, 시가 꿈의 소산이라고 할 때 그것은 있는 것과 있어야 하는 것을 연결하는 운동이며 접합의 현장입니다.

결핍은 괴로움이고 충족은 기쁨입니다. 우리의 삶과 역사가 괴로운 것이라면 그것은 뭔가 결핍되어 있기 때문에 그럴 터인데, 이 결핍은 그러나 우리로 하여금 꿈꾸게 하고 노래 부르게 하며, 여기에 노래의 위대성이 있습니다. 우리의 삶은 가난하더라도 꿈은 가난한 법이 없으며 그것이 노래인 한 그것은 슬픔의 꿈을 충족시키며 기쁨의 아늑함으로 둘러싸여 있습니다.

모든 창조 행위가 그렇겠습니다만, 시를 쓰는 일은 어렵고 괴로운 일입니다. 이 괴로움은 사물의 꿈이 곧 나의 꿈이고자 할 때 오는 것입니다. 또 달리 말해보자면, 예컨대 우리가 자유를 그리워하고 평화를 그리워하고 사랑과 정의를 그리워할 때 그리고 시인이 그 그리움을 노래할 때 시인 자신이 다름 아니라 자유요 사랑이요 평화이어야 하기 때문에 시를 쓰는 일은 괴로운 일입니다.

또 달리 말해보자면 시는 모순과 갈등이 부딪쳐서 화해하는 현장이며 이것과 저것, 있는 것과 있어야 하는 것이 만나는 현장입니다. 부딪치면 아프고 화해하면 기쁩니다. 시인의 고통을 '이상한 기쁨'이라고 말할 수 있는 이유가 여기에 있습니다.

현실과 역사는 끊임없이 우리의 꿈의 실현을 유예하면서 미래화하지만 지복(至福)의 순간을 허락하는 시는 우리의 현재를 탈환하고 회복합니다.

[1982]

박명의 시학

박명은 필경 사랑의 시공이다. 우리는
시가 박명의 아들이기를 바란다.

1960년대를 돌이켜볼 궁리를 하자니까 제일 먼저 술 생각이 난다. 술 생각이 난다는 것은 지금 술을 마시고 싶다는 뜻이 아니라 1960년대 이후 지금까지 주로 한 일이 술 마시는 일이 아니었나 싶은 생각이 들어, 그동안 마신 술 생각이 난다는 이야기이다.

하기야 술로 말하자면 괴로운 역사를 살아오고 또 살고 있는 대한민국의 어느 세대인들 저 흘러간 유행가와 더불어 둘째갈 수 있으랴. 그래서 술 얘기를 하다 보니까 말의 힘에 따라 어느덧 취기가 살짝 돌아, 한 곡조 읊지 않을 수 없게 되었다.

술 없는 세대가 어디 있으며
모래 없는 사막이 어디 있으랴

박명의 시학

그러고 보니까 술과 모래, 세대와 사막 사이에, 수박등 외로이 서 있는 의미의 다리가 놓인다. 술에 젖은 모래인 우리의 사막의 시간, 시간의 사막을 걸어왔다고 할 수 있다. 그리하여 우리가 도착한 시간은 지옥 시리즈와 바보 시리즈와 정신병자 시리즈가 있는 시간이다. 있다기보다는 그 시리즈들이 우리의 시간의 고리이며, 그 쇠사슬이 시간을 끌고 가고 있다. 마냥 즐겁다. 취중에 「우리의 소원은 통일」을 합창한다면, 그야말로 금상첨화요 기쁨의 극치이다.

술 애기가 나왔으니까 말이지만, 취하는 일에 관한 애기를 예술 창조의 공간에서 말하자면, 모든 창조적 정열은 취하는 데서 나온다. 취하는 것은 미덕이다. 깨어 있는 마음이 미덕이라는 걸 우리는 잘 안다. 그러나 시(예술)의 자리에서 말하자면 시인은 각성에 취하지 않으면 안 된다. 그냥 깨어 있는 것과 '각성에 취해' 있는 것은 다르다. 이 미묘하고 중요한 차이는 설명하기가 퍽 어려운데, 이것은 설명에 의해서가 아니라 직관적으로 알려지는 것이기 때문이다. 시인이 깨어 있는 모습은 꿈꾸는 의식이며 깨어 있는 무의식이라고 할 수 있다. 두 개의 상반된다고 생각되는 것이 서로의 속에 녹아 있는 상태이다. 시는, 그리고 모든 탁월한 예술 창조는 상반되는 두 가지가 어울려 녹는 자리에서 태어난다. 여기에서 녹는다는 표현을 쓴 것은 물리적 혼합이 아니라 화학적 융합을 나타내기 위해서이다. 술이 익는 상태와 같다.

예컨대 박명은 낮도 아니고 밤도 아니며 낮과 밤이 서로 스며들고 있는 시공이다. 낮과 밤이 화학 변화를 일으키고 있는 시공이다. 낮은 밝음 속에 정지해 있고 밤은 어둠 속에 정지해 있다면 박명의 푸른빛은 '움직이고' 있다. 낮과 밤이 서로 녹아들면서 술이 되는 시간이다.

박명은 취한 시공이며 깊은 시공이다. 사물은 그의 비밀을 박명 속에서만 드러낸다. 아니, 박명은 사물의 비밀을 가장 뚜렷이 드러내는 시공이다. 사물의 비밀이 푸른 도깨비처럼 나타나고 꽃향기가 나는 시공이다. 박명은 안심할 수 없는 시공이다. 하나와 다른 하나가 만나서 화학 변화를 일으키는 지점은 안심을 허락하지 않는 지점이다. 가령 한 몸과 다른 몸, 한 마음과 다른 마음이 만날 때 생기는 설렘은 박명이 낳는 설렘이다.

감동은 박명이 낳는 설렘이다. 또 다른 예를 들면 혁명(정치적인 것이든 예술적인 것이든)은 시간이 바뀌는 지점이다. 즉 혁명 전의 시간과 후의 시간은 다르다. 시간이 바뀐다는 것은 동시에 공간이 바뀐다는 것이다. 혁명 전의 시공과 후의 시공이 만나는 접점인 혁명은 그래서 박명의 시공이다. 모든 아름다운 혁명은 박명의 아들이다.

박명은 낮과 밤의 틈이 가장 이상적으로 메워지는 시공이다. 밤과 낮 중에서 어느 한쪽을 선택한다든가 선택해야 한다든가 하는 것은 어리석은 일이다. 박명이 있기 때문에 밤과 낮은 싸우지 않으며, 대립되는 둘은 박명 속에서 서로 스며들어 시공

　　　　　　　　　　　　　　　　박명의 시학

의 전체적인 모습을 이룬다. 그리하여 박명은 필경 사랑의 시공이다. 우리는 시가 박명의 아들이기를 바란다.

되풀이하자면 서로 다른 두 사물이 만나는 접점은 우리 마음을 설레게 한다. 하늘과 땅이 만나는 지평선, 하늘과 바다가 만나는 수평선은 우리의 가슴에 불을 지르는 엄청난 물건이다. 바다와 땅이 만나는 해변, 물과 공기가 만나는 파도 같은 것들도 그렇다. 그것들은 우리의 그리움의 표상이며 낭만적 상징물이다. 하늘과 땅, 하늘과 바다가 만나는 수평선의 팽팽하고 하염없는 긴장은 우리의 꿈과 열망의 표상이다. 지평을 연다는 말은 그러므로 아주 좋은 말이다.

그리하여 모든 대립, 상반되거나 다른 것들이 만나는 모습은 수평선이나 지평선의 모습을 닮지 않으면 안 된다. 하늘과 땅 차이라고 하지만, 그렇게 큰 차이도 지평선에서 만나 꿈의 모습으로 타오른다. 그리하여 글 쓰는 우리의 마음은 지평선을 닮지 않으면 안 된다.

우리는 우리의 모순들이 만나서 지평선을 이루기 바라며, 우리 문학이 그 지평선의 아들이기를 바란다.

모순은 우리의 삶의 구조이다. 사회 현실의 모순, 문학이 갖고 있는 모순, 우리 마음의 모순…… 그리고 문학의 자리에서는 이 모순이 앞에서 얘기한 박명의 시공 속에서, 지평선의 모습으로 만나기를 우리는 바란다. 위대한 영혼이란 한 시대의 모순과 인간의 삶의 모순들이 부딪치는 자리에 다름 아니다.

모순들은 그를 통해서 극복되고 화해하려고 하기 때문에 그는 '이상하게 기쁜' 것이다. 이 '이상한 기쁨'을 우리는 고통이라고 부르기도 한다. 합장.

[1979]

　　　　　　　　　　　　　박명의 시학

시, 가치의 샘 영혼의 강장제

> 꿈(상상, 몽상)을 통한 시적
> 가치의 창조가 없었다면 우리의
> 세계는 어둠과 궁핍에 유폐되었을
> 터이며 최소한의 위엄도 지니지
> 못했으리라는 것은 쉽게 짐작할 수
> 있는 일이다.

1

시가 하는 일은 여러 가지로 말해볼 수 있겠지만, 인간의 체험과 기억의 내용을 상상 속에서 신화적인 것으로 연금(練金)해내는 것이라고 말해볼 수도 있다. 다시 말해서 시로 노래하기 전에는 그런 줄 몰랐던 사물의 가치가 시를 통해서 떠오르고 피어난다는 점에서 시는 가치의 샘이라고 할 수 있는데, 이때 가치를 갖게 된다는 것은 다름 아니라 신화적인 것으로 편입됨을 뜻하며 시의 그러한 창조적 동력의 원천은 시인의 생리인 꿈꾸기이다.

넓게는 자연과 인류, 좁게는 한 종족과 그 생활의 역사 속에서 그러한 꿈(상상, 몽상)을 통한 시적 가치의 창조가 없었다면 우리의 세계는 어둠과 궁핍에 유폐되었을 터이며 최소한의 위엄도 지니지 못했으리라는 것은 쉽게 짐작할 수 있는 일이다.

사실 바슐라르가 말하는 '상상력의 착색'이나 '이미지의 분위기'는 사물을 신화적인 후광 속에 살아나게 하는 엘릭시르(연금 약액)에 다름 아니다. 그런 사실을 알고 나면 가령 정지용의 「향수」나 서정주의 「질마재 신화」의 사물들이 '전설 바다에 춤추는' 까닭을 쉽게 알 수 있으며, 아울러 그것이 우리 자신을 망각에서 건져 올리고 우리 자신인 시간의 깊이를 느낄 수 있게 하는 것임을 알 수 있다.

물론 위 작품들의 전설적 분위기나 사물의 신화화는 그것이 '존재의 샘'인 어린 시절을 향한 몽상이기 때문에 얻어진 것이고 또 그 시절과의 시간적 거리가 만든 것이기도 하다.

2

반드시 '시적'이라는 한정사를 붙이지 않더라도, 추억을 할 때 우리는 마음이 부풀어 오르는 듯한 느낌을 체험하곤 한다. 추억을 이야기하는 사람의 목소리가 항상 한 옥타브 높은 것도 그러한 내적 변화 때문일 것이다.

우리가 추억할 때 생기는, 융기라고 해도 좋고 팽창이라고

시, 가치의 샘 영혼의 강장제

해도 좋을 그러한 상태를 낳는 마음의 활동을 바슐라르는 '몽상'이라고 부른 바 있는데, 그에 의하면 우리는 먼 과거—특히 어린 시절을 기억할 때 '기억하면서 꿈꾸'고 '꿈꾸면서 기억한다'. 다시 말하면 역사적·사회적 기억에 '상상력의 착색'을 가하며 '이미지의 분위기'를 주는 것이다. 그래서 그는 몽상을 '상상력의 기억술'이라고 부르기도 했고 역사적·사회적 기억과 구별하여 우주적 기억(시적 기억)이라고 말하기도 했다.

그렇다면 옛날을 추억하는 마음에 일어나는 사건—생명의 숨결로 다시 충전되면서 피어오르고 팽창하는 그 내면 공간의 상태는, 기억의 내용 못지않게 꿈(몽상) 때문이며, 또 우리로 하여금 기억하면서 꿈꿀 수 있게 하는 과거와의 거리 때문이라고 할 수 있다. 그러니 '먼 것에 의해 최면에 걸린 몽상'이라는 말이 실감 나게 되는데, 이것을 가령 거리의 마술이라고 해도 좋겠고 추억의 연금술이라고 해도 좋지 않을까 한다.

그리하여 시인의 몽상 속에서 "실개천"은 "옛이야기 지줄대"며 어린 누이의 "검은 귀밑머리"는 "전설 바다에 춤추는 밤물결"이며 "서리 까마귀 우지짖고 지나가는 초라한 지붕"은 초라하기는커녕 꿈꾸는 기억의 마술에 걸려 시간의 풍화 위로 솟아오르고 있는 것이다.

이렇게 말한다고 해서 시적 기억 또는 몽상이 순전히 시간적 거리의 작용에 의한 것이라는 이야기는 물론 아니다. 가령 우리가 어린 시절을 추억할 때 속에서 일어나는 일종의 생기의 회복은 그 시절이 가지고 있는 생물학적인 단계로서의 성질과 그 시절의 체험 내용을 이루고 있는 구체적인 사물들 그리고 우리의 육체와 영혼에 잠재해 있는 그것들에 대한 감각의 앙금들이 동시에 작용하는 것이라고 할 수 있다.

그러나 우리가 다 그랬듯이, 어린애들은 자기들이 살고 있는 어린 시절이 얼마나 전설적인 시절인지 알지 못한다. 그것은 에누리 없이, 어른이 된 뒤에, 어린 시절이 먼 과거가 된 뒤에 비로소 느껴 알게 된다. 그리하여 로르카 같은 시인이

내 부드러운 가슴은

빛으로 가득하고

잃어버린 종소리

백합과 벌 들로 가득 차 있지.

나는 아주 멀리 갈 거야,

나는 언덕들보다 더 멀리

바다보다 더 멀리

별들 가까이 가서

주 그리스도한테 빌 거야

옛날, 내 어렸을 때의

영혼을 되돌려달라고,

전설로 무르익고

깃 달린 모자와

나무칼로 무르익은

어린 시절의 영혼.

──「작은 광장의 발라드」부분

이라고 노래할 때 어린 시절은, 삶이 시작되는 그 시절이 갖고
있는 비할 데 없는 풍부함(가능성)으로 가득 차 있고 사람의 일
생 중 가장 아름다운 천진성의 후광으로 빛나고 있기 때문에
전설로 무르익은 것이기도 하지만, 그에 못지않게, 아니 그보다
도 더 그 시절을 전설로 만드는 것은, 이미 어른이 된 사람의 그
시절을 향한 몽상이다.

　위의 인용에서 '내 가슴'이 "부드러운" 까닭이나 "내 부드러
운 가슴"이 "빛으로 가득하고/잃어버린 종소리/백합과 벌 들로
가득 차 있"는 까닭은 바로 시적 기억──몽상 때문이며 "나는
아주 멀리 갈 거야,/나는 언덕들보다 더 멀리/바다보다 더 멀
리"할 때의 '멀리'는 공간적 거리이기보다는 시간적 거리임을
우리는 쉽게 알 수 있다.

　그런데 왜 시인은 "옛날, 내 어렸을 때의/영혼을 되돌려달라
고" 빌고 싶은가? 어린 시절은 '존재의 샘'이기 때문이며 어린
시절에 대한 기억은 '모든 새로운 시작의 가능성과 일치'하기
때문이다. '아이들(=어린 시절)'의 노래와 '나'의 노래가 갈마드
는 형식으로 되어 있는 「작은 광장의 발라드」에서 시인이 아이
들의 입을 통해

옛 노래의

잔잔한 물을 마시세요.

맑은 시내

잔잔한 샘물!

이라고 노래하는 것도 그 때문이며, 작품의 마지막 연에서

바싹 마른 종려잎의

거대한 눈동자들은

바람에 상하고

죽은 잎들은 울고 있다

라고 하듯이 바싹 마르고, 바람에 상하고, 죽은 잎들을 되살려
내는 게 어린 시절이라는 샘물이기 때문이다.

그런데 어린 시절(먼 과거)을 '전설'로 만드는 것은 앞에서
말했듯이 우선 거리 때문이고, 그리고 거리의 최면에 걸린 몽
상 때문이며, 그렇게 해서 되살아난 어린 시절이, 이제는 그 시
절에서 멀어진 우리의 바싹 마르고 상한 현재에 생기와 활력
을 주는 샘물이라면, 상상력으로 착색되고 이미지의 분위기에
젖어 있는 시적 기억의 미덕은 다음과 같이 얘기될 수 있을 것
이다.

즉 한편으로는 어린 시절이라고 하는 먼 과거와 그때를 채우고 있는 추억의 내용들을 영원히 살아 있게 하고, 다른 한편으로는 그러한 몽상을 하는 사람의 현재를 끊임없이 젊게 할 뿐만 아니라 또 그러한 시적 기억의 결과인 작품을 읽는 사람의 현재도 젊음을 회복게 하여 새로운 시작의 가능성 속에 있게 한다. 과거를 향한 꿈이 미래의 기약이 되는 까닭이 거기에 있고 시적 이미지가 신명의 원천이 되는 이유가 거기에 있다.

3

그리하여 이제 우리는 이렇게 말해볼 수 있다. 시인의 꿈의 저 변함없는 생리에 따라 우리를 생명의 원초로 되돌려놓는 '영혼의 강장제', 시는 우리의 영원한 어린 시절이다,라고.

[1995]

마음의 무한

─시가 꿈꾸는 것

> 시는 표면의 무한 옆에 내면의
> 무한을, 물질의 무한 옆에 마음의
> 무한을, 이윤의 무한 옆에 생명의
> 무한을 놓는다.

1

삼풍백화점이 무너져 내렸을 때, 좀 민감한 사람들은 자기 자신이 무너져 내리는 걸 느끼면서 이 나라 전체가 무너져 내리고 이 나라에 사는 사람들 전부가 압사했다는 느낌에 잠겼을 것이다. 그 붕괴는 한국 사회의 붕괴를 예고하는 조짐처럼 느껴지지 않을 수 없었기 때문이다.

사실 무너져 내린 건물은 우리의 부실한 정신의 여실한 모습이며 그 결과는 안타까운 떼죽음이었다. 그 붕괴는 정신적·정서적 황폐를 담보로 한 돈벌이의 종막이며, 경제 발전이라는 도금이 벗겨져 그 추악한 속이 드러난 순간이었던 것이다.

좀 잘살게 되었다는 것은 오늘날 우리 사회의 커다란 변화

중 하나이다. 그러나 그 잘산다는 것이 마음의 자리를 떠나 물질적인 풍부만을 뜻하는 것일 때, 그 '잘삶'은 다만 천박과 궁핍의 다른 이름일 뿐이라는 것을 우리는 잘 안다.

그리고 시적인 눈은, 그것이 아무리 으리으리하다고 하더라도 겉에 머무르지 않으며, 허상에 귀의하지 않는다. 다시 말해서 시는 표면과 더불어 표면으로 미끄러지지 않으며, 안팎에 동시에 머물면서, 흔히 보이지 않는 것을 보아마지않는 눈이다. 옥타비오 파스가 말하는 시의 '전복적인 힘'이나 '액막이 노릇'도 시의 그러한 민감한 성능이나 영험성을 두고 하는 말에 다름 아닐 것이다.

그리하여 시는 표면의 무한 옆에 내면의 무한을, 물질의 무한 옆에 마음의 무한을, 이윤의 무한 옆에 생명의 무한을 놓는다.

그것이 산업화와 과학기술 문명 이후 시가 하고 있거나 해야 할 일인데, 그러나 시의 그 내면과 마음과 생명의 소리는 표면과 물질과 이윤의 금속성에 비해 거의 들리지 않는다고 할 만큼 미약하다. 그도 그럴 것이, 표면과 물질과 이윤은 국가와 기업과 교육·연구 기관들의 강력한 뒷받침 아래 추진되고 텔레비전·신문 등의 매체를 통해 쉴 새 없이 선전되는 데 비해, 시는 개인에 의해 생산되어 활자 매체에 실려 책을 펼쳐서 읽는 사람한테만 속삭이기 때문이다(가령 미국 같은 나라에서는 시 낭독이라는 유서 깊은 전달 방식이 성행하고 있으며, 최근에는 비디오 포에트리라고 하여 텔레비전 매체를 적극적으로 이용하고 있기도 하다.

시대가 시대이니만큼 영상 매체가 갖고 있는 직접성과 복합성——움직이면서 사라지는 활자를 읽으며 동시에 그림도 보고 소리도 듣는 감각적 직접성과 동시성, 그리고 그것이 촉발하는 이미지의 선명함 같은 효과를 생각해볼 수 있겠으나, 활자 매체를 통해서만 가능한 일을 할 수 없다는 결점도 있다. 즉 독자 마음대로 진행 시간을 요리해, 천천히 읽으면서 한없이 꿈꾸는 일은 할 수 없는 것이다).

어떻든 시대가 아무리 변해도, 아니 오히려 변하면 변할수록 바래지 않는 시의 초상은 그것이 우리 마음의 시골이고, 우리의 자연이며, 저 무죄한 시원(始原)을 향한 그리움이라는 것이다. 시는 영원히 인류의 어린 시절이고 젊은 언어이며 새로운 기운이고 날에너지이다. 항상 시작하고 있는 시는 마악 피어나고 있는 시작(始作)의 싹이며 소용돌이이다.

2

모두 텔레비전 앞에 앉아 있어서 문학작품의 수요가 상대적으로 위축되고 있다는 얘기가 들린다는 사실이 말해주듯이, 현대사회의 또 하나 큰 변화는 첨단 정보 통신망의 확산과 영상 매체의 필수품화이다. 텔레비전은 이미 마약과 같은 것이 아닌가 생각되고 연속극이나 스포츠 그리고 대중음악에 대한 열기는 전 지구적인 현상이라고 할 수 있는데, 이런 것과 관련해서 생각나는 삽화를 하나 이야기해볼까 한다.

1994년 6월 어느 날, 페루 리마에 있는 가톨릭 대학의 한 부채꼴 계단식 강당에서 한국문학을 소개하는 발표회가 열리고 있었다. 소설가들과 비평가들의 발표가 끝나고 마지막으로 내가 시 낭독을 할 차례였는데, 점심시간이 훨씬 지났으니 모두 시장기를 느끼고 있음에 틀림없었고, 마침 월드컵 축구 대회가 한창인 때라 근처 어디에선가 텔레비전을 보면서 지르는 와—와— 하는 함성이 들려오고 있었다.

나는 무대에 올라가, 파블로 네루다나 세사르 바예호 같은 시인들의 시를 이 대륙에 와서 낭독하는 게 대단히 기쁘다는 인사를 하고, 먼저 두 가지 감사의 말씀을 드린다고 했다. 하나는(남미 사람들이 얼마나 축구에 열광하는지 우리도 알고 있거니와) 지금 바깥에서 함성이 들리는데 축구 중계를 보지 않고 여기 앉아 계신 데 대해서, 그리고 다른 하나는 점심시간이 많이 지나서 배가 고프실 텐데 참을성 있게 앉아 계신 데 대해서. 그리고 또 말한 사람 자신도 알쏭달쏭하게 생각되는 너스레를 떨었다—우리의(신체적) 배고픔을 해결해주지 못한다는 점에 시의 미래가 있다고 나는 생각한다고……

마지막 말은 필경 '가난'이라는 말이 가리키는 마음의 상태—20세기 말에 우리가 겪고 있는 여러 모순되고 나쁜 정황을 위한 한 처방이라고 내가 평소에 생각하고 있는—와 관련이 있을 터이고, 또 앞에서 말한 표면 – 물질 – 이윤과 대칭되는 내면 – 마음 – 생명과 관련이 있는 말이겠지만 하여간 문학을 위해서 축구 구경이나 배고픔 정도는 참을 용의가 있는 적지 않은 청중을 바라보면서 나는 흐뭇하고 고맙지 않을 수 없었다.

그 모습은, 세상이 아무리 정신없이 돌아가고 시끄럽다고 하더라도, 살기 위해 불가피하게 기계적인 조직과 소용돌이에 물려 들어가는 것을 제외하고, 조용하고 명상적인 시간을 갖고 있는 사람들의 모습이었는데, 이른바 산업사회의 생리에 따라 세상이 급하고 거칠고 정신없이 돌아갈수록 문학작품이 기약하는 시간—그 꿈꾸는 시간에 대한 갈망도 커지지 않을까 하는 느낌을 나는 갖고 있다.

물론 그런 취향을 갖고 있는 사람의 수는 언제나 많을 수가 없다. 다른 소일거리를 찾는 사람에 비해 그 수는 적지만, 양이 많다고 해서 그게 곧 가치 있는 게 아니듯이, 그 질적 가치는 양을 압도하는 것이라고 할 수 있다. 앞에서 얘기한 방식대로 말하자면 시는 양의 무한 옆에 질의 무한을 열어놓기 때문이다—마치 보석이 그렇듯이.

어떻든 정신적·정서적 충족이 없는 삶은 무의미하다고 느끼는 사람들이 있는 한 시는 계속 씌어지고 읽힐 터인데, 사실 시적 비전이 열어 보이는 다른 세계의 황홀 없이는 삶을 견디기 어렵다는 게 시인만의 느낌은 아니지 않을까 한다. "삶의 진행을 가능하게 하고 견딜 수 있게 하는 예술의 환상"(니체)이라는 예술의 기능은 보편적인 설득력을 갖고 있는 고전적 정의일 터

　　　　　　　　　　　　　　마음의 무한

이기 때문이다.

고백하자면, 문득 떠오른 시적 이미지―발상이라기보다는 발아(發芽)라고 하고 싶은 그 순간에 느끼는 엑스터시 속에서 나는 내가 방금 터널을 빠져나왔다는 느낌에 잠기곤 한다. 되풀이―자동성―낡은 습관이 만든 터널, 제도와 관습의 굴레가 만들고 현실 생활의 고달픈 싸움이 만든 터널. 그 터널은 시를 쓰는 좀 별난 인종만이 지나가는 건 아닐 것이다.

3

우리가 역사라고 부르는 것, 문명이라고 부르는 것은 '진보'라는 미신과 함께 추진되어온 인공화(人工化)에 다름 아니다. 과학기술의 발전, 인구의 증가, 산업화와 도시화 같은 것들은 인류를 거대하고 복잡하며 기계적이고 잔인한 인공 환경 속에 가두었다. 국가든 개인이든 그러한 환경에 적응하지 못하면 살아남기 어려운 것으로 여겨지며, 인간의 심성이나 사고방식도 그러한 환경에서 자유롭지 못하다.

그리고 그에 따르는 인간의 정신적·정서적 황폐화와 자연의 황폐화는 당연한 일이지만 동시에 진행되었는데, 여기서 당연하다고 하는 것은, 오늘날 우리가 직면하고 있는 안팎의 액운이 인간의 자연 망각―스스로가 자연이며 자연의 일부라는 걸 잊은 데서 비롯되었기 때문이다.

그러나 돈에 중독되었거나 무슨 이념, 믿음 같은 것에 중독되어 정상적인 정신 활동이 마비된 사람들을 제외하면 인간에게는 자연 또는 자연 상태에 대한 뿌리 깊은 노스텔지어가 있다. 뻔한 얘기지만, 그러나 우리가 흔히 잊고 있는 것이지만, 자연은 우리의 모태이며 밥줄이고 영원한 순환 속에 있는 집이기 때문이다.

그리고 시는 이 향수, 그 뿌리 깊은 그리움의 표현이다.

시는 물론 우리가 그때그때 겪는 개인적·사회적 일들을 노래하기도 하지만 그것이 어떤 보편적인 사실이나 열망에 닿아 있지 않으면 그야말로 역사라고 하는 것의 제물이 될 뿐인데, 여기서 환기하고 싶은 것은 시의 변치 않는 성질과 가치는 그것이 신화가 탄생하는 공간이라는 것이다. 다시 말해서 시인이 노래하기 전에는 그 사물 자신도 알지 못하고 있었을지 모를 가치와 아름다움을 시가 그 독특한 빛과 향기 속에 보여줌으로써, 거기 참여하는 모든 존재——노래된 사물과 언어와 시인과 독자를 동시에 어떤 신명과 행복감 속으로 방생(放生)한다(그렇기 때문에 현대사회 현실의 한 복사에 불과한 것처럼 보이는 작품을 좋은 시라고 하기는 어려우며, 그것이 현실의 나쁜 징후를 드러내는 구실을 하는 것이라고 하더라도 그것은 그런 의학적 가치를 지니는 자료에 불과할 뿐일 것이다).

앞에서 나는 시가 자연이나 자연 상태에 대한 향수의 표현이라고 말했지만, 그것은 시의 내용 이전에 그것의 리듬과 이

　　　　　　　　　　　　마음의 무한

미지가 이미 말해주고 있는 것인데, 시가 꿈꾸는 세계는 과학 기술이며, 도시며, 제도며, 이념 따위들이 만들어온 인위적·인공적 세계를, 그러한 방향으로 흘러왔고 흘러가고 있는 시간을 한때나마 역전시켜 우리의 원초적 상태가 회복되는 '인공 자연'의 세계이다.

4

그리하여 이 세상에서 술이 없어질 리 없고 따라서 취한 시간이 없어질 리 없듯이 시 또한 한결같이 우리를 취하게 할 것인즉, 생생한 것들과 함께 생생하고 앓는 것들과 함께 앓으면서, 술에 취하듯 시에 취하지 않으면 어떻게 우리의 삶이 흘러가겠는가.

[1995]

시에 대한 몇 가지 생각

> 시의 언어는 말하자면 그 빛이나 새와
> 같은 것이다. 시는 바로 빛-언어이며
> 깃-언어이다.

1

덥고 가문 데다가 짙은 유독 매연이 하늘과 가슴을 뒤덮어 지옥이로구나 하는 느낌이 전혀 과장이 아닌 나날, 그리하여 살아간다기보다 죽어간다는 느낌이 저절로 드는 요즈음, 오랜 만에 비가 흡족하게 내리고, 공기까지 실로 오랜만에 맑으니 아, 살 것 같은데 또 이 무슨 정복(淨福)이요 은총인가. 시골에 서나 들을 수 있는 개구리 우는 소리가 내 일터의 창밖 가까운 데서 계속 들려온다!

나는 그동안 새소리(뻐꾸기, 꾀꼬리, 산비둘기 소리 등) 속에 존 재의 둥지를 틀어오면서 그런 얘기를 작품으로 쓰기도 했지만, 오늘은 개구리 소리가 내 삶의 둥지가 되어주고 있다──참으 로 유복하여 다행증(多幸症)이 우주에 넘치게 하는 저 개구리 소리가!

개구리 소리는 왜 그다지도 복된가. 그것은 필경 자연과 어린 시절과 온갖 생명의 신호가 그 소리 속에 수렴되어 있기 때문일 것이다.

개구리 소리가 들리자마자 나는 어린 시절로 돌아가고 눈앞에는 시골의 산천이 펼쳐진다. 그리고 그 산천은, 어른이 된 뒤나 도시인에게 그렇듯이, 떨어져서 바라보는 단순한 풍경이 아니라, 어린아이들인 우리가 그냥 그 자연의 일부요 생물의 한 종으로서 몸을 섞어 살았던 삶의 터전이다.

1950년 한국전쟁이 일어나기 전까지의 그 시골은 온갖 생물이 붐비는 공간이었고 자연적 환상으로 시간이 익어, 지금의 몽상이 더 그렇게 만드는 것이겠지만, 시간이 현란하고 깊이 흐르던 시절이었다.

그때 내가 만져보고 손에 쥐어보고 잡아먹은 생물이나 식물이 한두 가지가 아닌데, 메뚜기·가재·방게·방아깨비 들과 붕어·가물치·메기·쏘가리·미꾸라지·모래무지 등의 물고기, 민물게와 민물조개류, 딸기·까마중·버찌·오디·칡·메 등의 열매와 식물들, 그렇게 정다운 것인 줄도 모르고 그 위에서 뒹굴었던 풀들과 꽃들, 어린 땅꾼으로서 잡았던 뱀들, 밤새도록 잡으러 다니다가 마침내 산 채로 잡은 참새의 할딱거리는 가슴과 따뜻한 온기(그게 다름 아닌 우주였다는 걸 나중에 알게 되었지만), 밤늦

게까지 흘려서 잡으러 다닌 그 날아다니는 휘황한 발광체 개똥벌레와 손가락에 여기저기 옮겨 붙어 발광을 하던 꼬리의 형광물질, 잡은 개똥벌레를 호박꽃에 넣어 끝을 오므려 들고 다닌 호박꽃등……

지금의 몽상 속에서는 어떤 게 개똥벌레이고 어떤 게 아이들의 눈인지, 어떤 게 호박꽃등이고 어떤 게 아이들의 얼굴인지 전혀 구별이 되지 않는 그야말로 환상적인 밤 광경인데, 그 밤낮 없는 자연의 풍부함은 그 시절의 가난을 아예 없는 것으로 만들면서 계속 넘쳐흐르는 풍요의 샘과도 같다.

어떻든 위와 같은 자연 체험, 살아 있는 것들과의 살 섞음이 말하자면 내 촉각의 지층(地層)이요 감각의 고고학적·생물학적 깊이라고 할 수 있지 않을까 한다. 다시 말해서 감각이라는 표면은, 시인이라는 감각의 고고학자들에게는, 이제 표면이 아니라 오감(五感)의 빨대가 빨아들인 것들로 이루어진 지층이라는 얘기이다─미생물도 있고 화석도 있으며 석탄이나 석유, 물과 불 그리고 여러 다른 원소와 보석 들이 들어 있는 지층……

그리고 말할 것도 없이 거기가 작품의 원천이 아니겠는가.

인류는 그동안 도원경이라든지 유토피아에 대해서 얘기해왔는데, 서양 이론가들이 제도적 구상이나 이념적 주장을 통해 얘기했다면 동양의 시인들은 자연의 비경에서 그러한 공간을 발견했다.

인간 사회를 어떻게든 살 만한 곳으로 만들려면 여러 가지 구상과 주장이 필요한 것이겠으나, 내 느낌으로는, 아무리 그럴싸한 제도적 구상이나 이념적 주장도 그것이 필경 그 속에 갈등과 싸움의 소지를 갖고 있을 터인즉 유토피아의 실현을 기약할 수 없고, 그리하여 결국 각자의 마음으로 돌아갈 수밖에 없는데, 그렇다면 우리의 도원경은 각자의 어린 시절이라는 것이다.

우리 속에 평등하게 깃들어 있는 어린 시절은, 시달림과 싸움에 찌들며 어른이 된 뒤 흔적도 없어진 듯하고 다만 과거일 따름이라고 생각될는지 모르지만, 그렇지 않다. 어린 시절은 땅속에 들어 있는 무슨 연료처럼 가연성(可燃性)이어서 어떤 촉매나 자극으로 항상 점화될 수 있는 것인데, 시적 발화는 그런 촉매 중의 하나이다.

다시 말해서 시는 우리 모두 속에 깃들어 있는 자연과 어린 시절을 되살려내는 언어이며 우리 자신인 원소들의 꿈의 언어적 실현이다. 또 좀 달리 말해보자면 시간적·공간적 원초를 우리 속에 다시, 처음인 듯이 가동시키는 말—그게 시라고 할 수 있다.

시적 이미지의 보편성이나 가치에 대한 얘기가 설득력을 얻는 것도 바로 위와 같은 연유에서인데, 나는 시의 그러한 면을 나타내느라고 '인공 자연'이라는 말을 하기도 하였다.

그 말은 또한 시적 언어가 왜 제일 살아 있는 언어인지, 왜 그중 젊은 언어이고 언어 자신의 어린 시절을 회복시키는 언어인지, 왜 생물에 가깝고 자연에 가까운 언어인지를 말해주는 것이기도 하다.

2

그러나 말이란 무엇인가.

말이라는 건 하다가 보면 그만 줄이고 싶은 그러한 것이다.

사실 말보다 말 안팎의 여백 – 여운은 얼마나 더 깊고 넓고 풍부한가.

말 안쪽의 무한과 말 바깥쪽의 무한……

그렇다면 자기의 안팎에 자기보다 더 깊고 넓고 풍부한 공간을 낳는 말을 오히려 기려야 하랴.

아니면 자기 안팎에 깊고 넓고 풍부한 여백 – 여운을 퍼뜨리는 말이 깊고 넓고 풍부한 말이다,라고 해야 할까.

어떻든 말 안팎으로, 특히 시적 언어의 안팎으로 울리고 되울리는 파동으로 내 마음의 귀는 어지럽다……

3

자기 자신을 알면 삶이 진행되지 않는다. 그렇지 않겠는가?

좀 진부한 얘기로, 모든 생명 있는 것의 삶의 맹목적 의지에

시에 대한 몇 가지 생각

대한 얘기를 우리는 알고 있지만, 그리고 그것이 의식·무의식 구별할 것도 없이, 모든 생명 있는 것의 기획과 움직임에 어려 있는 슬픔이요 음악이지만, 어떻든 우리의 삶이 진행되는 한 우리는 우리 자신에 대해 잘 모르는 것이다.

다시 말해서 나는 살고 있기 때문에 나 자신을 잘 모른다.

시도 마찬가지다. 내가 시를 잘 알고 있었다면 나는 시를 쓰지 못했을 것이다.

다만 확실한 건 내가 시 쓰기를 좋아한다는 것, 그러나 한참 안 쓰면서도 지나치게 느긋하다고 할 만큼 지낼 수 있다는 것, 그건 물론 게을러서 그런 것이지만 언필칭 시가 익어 터지기를 기다리기도 한다는 것, 무슨 물건 주문 생산하듯이 손에 익은 재주 가지고 적당히 그럴싸하게 찍어내는 건 상당히 싫어한다는 것, 늘 하는 얘기지만 시 쓰기가 어려운 건 에누리 없이 자기가 산 만큼 쓰기 때문이라는 걸 잘 안다는 것 등이다.

4

새벽 숲을 걷는 것이 몸과 마음에도 새벽을 동트게 한다는 사실을 나는 여러 해 전에 내 일터의 새벽 숲을 걸으면서 실감한 적이 있다.

아직 앞이 잘 보이지 않을 만큼 어두운 새벽, 숲길로 걸어 들어가 길을 더듬어 가는데, 동쪽 하늘이 푸르스름하게 동트면서 오솔길이 하얗게 떠오르고 나무들의 초록빛도 보이기 시작했다. 그 순간의 내 감격을 위와 같은 미지근한 산문적 서술은 전혀 담아내지 못하지만 그때 나는 이 세상이 매일같이 새로 창조되고 있음을 두 눈으로 똑똑히 보았던 것이다.

숲이든 뭐든 간에 우리는 보통 날이 다 밝은 뒤에 보게 되지 마악 동트는 순간에 목격하기란 그렇게 흔한 일이 아니다. 날이 밝으면서, 마악 빛이 생겨나면서 동시에 어둠 속에서 떠오르는 나무들과 숲길을 목격하는 순간 나는 온몸으로 태초를 느끼고 천지창조를 감지했던 것인데, 그 하얗게 떠오른 숲길을 계속 걸어가다가 나는 또 한 번 놀라운 일을 겪었다.

다름 아니라 후투티라는 새가 저 앞 오솔길 위에 앉아 있다가 나를 보자 목털을 곤두세우면서 날아올랐는데, 그 순간 내 속으로 그 새가 이 지구를 두 발로 거머쥐고 가볍게 날아올랐다는 느낌이 지나갔다. 그 새는 말하자면 신화적인 새였던 것이다.

그 새벽의 빛과 새를 나는 지금 은유로 읽으려고 한다. 시의 언어는 말하자면 그 빛이나 새와 같은 것이다. 시는 바로 빛-언어이며 깃-언어이다. 되풀이할 것도 없겠지만, 사물을 새벽의 여명처럼 창조하는 말, 끊임없는 시작으로서의 말, 빛 속에 떠오른 하얀 숲길 위에서 날아오른 그 새처럼 무겁고 무거운 걸 가볍게 들어 올리는 말——시는 그러한 말이며, 그렇지 않을 때 그것은 예술 작품으로서의 가치를 지니기 어렵다.

시에 대한 몇 가지 생각

또 조금 달리 말해보자면 시라는 것은 땅 위에 떨어져 땅을 덮고 있는 꽃잎(가령 5월이면 흩날려 정신을 아득하게 하는, 내려 쌓인 길을 걷는 사람을 그야말로 둥둥 떠오르게 하는, 다시 말해 땅을 그 중력에서 완전히 해방하는 벚꽃잎)과 같다. 그 꽃잎들이 떨어져 쌓인 길을 걸으며 나는 중력에서 벗어나 둥둥 떠오른다고 느낀다.

또 하늘의 거주자인 꽃잎이 떨어져 내릴 때 그 떨어져 내리는 꽃잎을 타고(!) 땅이 떠오르는 걸 나는 느끼곤 한다.

벚꽃잎 내려 덮인 길을
걸어간다— 이건 걸어가는 게 아니다
이건 떠가는 것이다
나는 뜬다, 아득한 정신,
이런, 나는 뜬다,
뜨고 또 뜬다.
꽃잎들,
땅 위에 깔린 하늘,
벌써 땅은 떠 있다
(땅을 띄우는, 오 꽃잎들!)
꿈결인가
꽃잎은 지고
땅은 떠오른다

지는 꽃잎마다

하늘거리며 떠오르는 땅

꿈결인가

꽃잎들……

—「꽃잎 1」 전문

　시는 하늘하늘 내려오는 꽃잎, 내려오면서 거꾸로 땅을 떠오르게 하는 꽃잎이며, 땅을 덮어, 그 위를 걷는 우리가 일거에, 기적과도 같이 중력(무거움)에서 해방되게 하는 꽃잎이다.

[1996]

시에 대한 몇 가지 생각

메아리의 시학*
―로르카 읽기

> 만상의 덧없는 흐름 위에, 그 흐름이
> 스스로를 보는 맑은 눈처럼, 그
> 흐름이 스스로를 듣는 깊은 귀처럼
> 그리고 그 흐름이 스스로를 느끼는
> 투명한 피부처럼 그 위에 떠도는
> 메아리!

······당신은 알아야 한다. 우리들 스페니시 아메리카 시인들과 스페인 시인들은, 우리 중의 가장 위대한 사람이며 우리 언어에서 바야흐로 선도적인 정신이라고 우리가 알고 있는 사람을 살해한 것을 잊을 수 없으며 결코 용서할 수 없다는 것을······

　　　　　　　　　　　　　　　　　　　――파블로 네루다

로르카(Federico García Lorca)의 시는 그 유례를 찾기 힘들 만

---

* 이 글에 인용된 로르카의 시들은 『강의 백일몽』(정현종 옮김, 민음사, 1994)에 수록되어 있다.

큼 강렬한 정서적 순간들의 응축으로 이루어진 이미지들로 가득 차 있다. 그 이미지들은 최근 발견되어 천문학자들이 초신성이라고 부르는, 크기가 태양계만 하고 현재 폭발하고 있으면서 생명을 구성하는 물질들을 방출하고 있다는 그 별처럼, 엄청난 밀도를 갖고 에너지를 방출하고 있어서, 우리가 그걸 복용하자마자 우리의 영혼에 불을 붙이고 모든 세포를 새롭게 하는 듯한 느낌이 샘솟게 하는 그러한 것이다.

그러니까 그에게 깊은 영향을 준 안달루시아 지방의 집시 민요에 관한 한 산문에서 그가 집시 민요를 두고 한 다음과 같은 말은 그 자신의 작품을 이야기하는 것이기도 하다. "세 줄 또는 네 줄 속에서 익명의 대중 시인이 어떻게 인간 생활의 저 모든 가장 강한 정서적 순간을 응축시킬 수 있었는지 놀랍고도 이상한 일이다"(산문집『깊은 노래(Deep Song and Other Prose)』).

그리고 그 이미지들의 강렬함은 마치 씨가 과육에 감싸여 있듯이 긴장되고 불가사의한 고요에 싸여 있다. 그러면서 그 고요의 공기는 또한 이미지들의 모태(시인의 내면 공간)를 슬쩍 열어 보이며 모든 아름다운 이미지의 모태는 고요하다는 걸 말해주는 듯하다. 엄청나게 긴장된 고요가 한가운데 있어서 폭풍이 폭풍일 수 있듯이.

　　포플러 나무들은 시들지만
　　그 영상들을 남긴다.

(얼마나 아름다운
시간인가!)

포플러 나무들은 시들지만
우리한테 바람을 남겨 놓는다.

태양 아래 모든 것에
바람은 수의를 입힌다

(얼마나 슬프고 짧은
시간인가!)

하나 그건 우리한테 그 메아리를 남긴다,
강 위에 떠도는 그걸.

반딧불이들의 세계가
내 생각에 엄습했다

(얼마나 아름다운
시간인가!)

그리고 축소 심장이

내 손가락들에 꽂핀다.

　　　　　　　　　　　　　　　　—「강의 백일몽」 전문

　덧없는 것들(모든 살아 있는 것)의 시간과 영상을 이렇게 노래할 수 있는 시인의 영혼은 얼마나 슬프고 아름다운가! 손가락들 끝에 축소 심장을 갖고 있는 시인이, 세상에서 제일 깊은 한숨과도 같이 신묘하게 흔들리는 저 바람의 영상들을 손으로 만지듯이 느낄 때, 그는 그것들을 심장으로 만지고 있는 것이 아니고 무엇이겠는가! 그러니 그 심장은 또 '꽃피는' 심장일 수밖에, 다른 무슨 형용사를 앞세울 수 있겠는가.

　이 작품에도 '메아리'라는 말이 나오듯 그의 작품은 이런 메아리로 가득 차 있다. 이 메아리는 바로 '만상의 조응'에 다름 아닌 것으로서, 사물이 서로를 반영하고 그리며 서로 파고들고 부르는 울림에 다름 아니다. 이 메아리는 사물의 경계를 지우면서 넘나드는 신통한 흔들림이며, 인간의 감정과 사물의 음영이 서로 스며서 가장 작은 것에서부터 가장 큰 것에 이르는 우주를 떠도는 만물의 넋이다.

　그리고 그러한 메아리를 들을 줄 알고 그러한 메아리를 되울리는 노래를 부를 수 있는 시인은 그야말로 시인 중의 시인이 아닐 수 없다. 제 속에 갇혀 있는 많은 시인과 달리, 이미 눈치 챘겠지만, 이런 시인은 운명처럼 다른 것들과 한 몸이어서 어

　　　　　　　　　　　　　　　　메아리의 시학

쩌지 못하는 저 한껏 열려 있는 내밀(內密)을 우리에게 열어 보이며 한없이 여리고 섬세하고 깊은 영혼의 그림자를 사물 위로 길게 끌고 가면서, 우리가 벌써부터 '세계의 깊이'에 목말라 했다는 듯이 신비한 깊이와 넓은 열림으로 우리의 목을 축여주는 것이다.

새벽 꽃이 벌써
　자기를
　열었다
　　(기억하는가
　　오후의 깊이를?)

달의 감송(甘松)이 내뿜는다
　그 찬 냄새를
　　(기억하는가
　　8월의 긴 눈짓을?)

—「메아리」전문

　여기서 "오후"는 "새벽 꽃"의 메아리인데, 우리의 그 흔한 오후는 새벽 꽃 때문에 '깊은 오후'가 된다. 다시 말해서 새벽 꽃 때문에 오후는 깊어진다.

　모든 꽃은 바로 시간의 깊이에 다름 아니요, 우리가 생명이

나 우주의 움직임에 놀라움이나 불가사의를 나타내려고 쓰는 말인 '신비'의 실물(실체)에 다름 아닌 게 바로 꽃이거니와, 시인은 이 꽃이라는 암호에서 말해진 메아리를 타고 어느덧 "오후의 깊이" 속으로 날아간다. 그리고 그 새벽 꽃의 메아리인 오후는 '깊은 오후'로 꽃핀다. 그러면서 시인은 "기억하는가"라는, 탄식과 감탄이 아울러 깃들어 있는 아주 인간적인 어사를 통해 독자를 그 오후의 깊이 속으로 유인한다.

그런데 기억이란 무엇인가? 말할 것도 없이 과거의 메아리이다. 그리고 시인이 열어 보이는 다른 우주에서 기억은 과거-현재-미래를 메아리라는 신출귀몰의 정령으로 꿰면서, 둥근 천체의 둥근 움직임에 따른 시간과 계절의 둥근 변화처럼, 또는 강-구름-비나 땅-나무-허공의 둥근 생성과 변모의 움직임처럼 둥근 기억, 그 메아리의 창조물이 울림의 구체(球體)로 우리를 둘러싼다──우리를 어느덧 태아로 만들면서!

다시 메아리란 무엇인가? 그것은 우리 안팎의 사물 사이 조응이며 화창이다. 그것은 로르카의 시에서 보듯이, 여기와 저기, 이것과 저것 사이의 거리와 심연을 순식간에 건너뛰고 가볍게 뛰어넘는다. 또한 시간이 직선적으로 움직인다는 생각에 익숙한 우리에게 시차가 있다고 여겨지는 어제-오늘-내일의 시간적 거리와 심연 역시, 앞에서 비슷한 이야기를 했듯이, 그 울림의 무한, 더 정확히 말해서 그 되울림의 무한 속에 해소된다.

이렇게 투명한(보이지 않는) 마술사인 메아리는, 앞에서 읽어 본 「강의 백일몽」에서 보듯이, 모든 생명 있는 것의 "슬프고 짧은/시간"이 지난 뒤에도, 죽음과 시듦을 넘어, 우리가 메아리 또는 영상이라고 부르는 모습으로 떠돌며 우리의 시간을 아름답게 한다.

포플러 나무들은 시들지만
그 영상들을 남긴다.

(얼마나 아름다운
시간인가!)

포플러 나무들은 시들지만
우리한테 바람을 남겨 놓는다.

태양 아래 모든 것에
바람은 수의를 입힌다

(얼마나 슬프고 짧은
시간인가!)

하나 그건 우리한테 그 메아리를 남긴다,

강 위에 떠도는 그걸.

[······]

　　(얼마나 아름다운

　　시간인가!)

　만상의 덧없는 흐름 위에, 그 흐름이 스스로를 보는 맑은 눈
처럼, 그 흐름이 스스로를 듣는 깊은 귀처럼 그리고 그 흐름이
스스로를 느끼는 투명한 피부처럼 그 위에 떠도는 메아리!
　'얼마나 아름다운 시간인가!'

　　　　어떤 영혼들은
　　푸른 별들을 갖고 있다.
　　시간의 갈피에
　　끼워 놓은 아침들을,
　　그리고 꿈과
　　노스탤지어의 옛 도란거림이 있는
　　정결한 구석들을.

　　　　또 다른 영혼들은
　　열정의 환영(幻影)들

로 괴로워한다. 벌레 먹은

과일들. 그림자의

흐름과도 같이

멀리서

오는

타 버린 목소리의

메아리. 슬픔이 없는

기억들.

키스의 부스러기들.

　　　　　내 영혼은

오래 익어 왔다; 그건 시든다.

불가사의로 어두운 채,

환각에 침식당한

어린 돌들은

내 생각의

물 위에 떨어진다.

모든 돌은 말한다:

"신은 멀리 계시다!"

　　　　　　　　　　　—「어떤 영혼들은」 전문

이 작품에서 "열정의 환영들" 또는 육체적 쾌락의 기억들을

"벌레 먹은/과일들"이라고 하거나 "그림자의/흐름과도 같이/멀리서/오는/타 버린 목소리의/메아리"라고 하는 등 옛 열정의 흔적을 미각, 청각, 시각, 촉각에 핍진하는 기막힌 이미지에 담아낼 때도 우리는 사물 안팎 메아리의 촉매로서 시인의 능력에 감탄하게 된다(그런 이유로 위에서 나는 로르카를 시인 중의 시인이라고 했지만, 사실 이 '메아리'는 시의 시 됨, 시의 시임을 결정하는 제일 중요한 인자라는 말을 덧붙여두고 싶다. 다시 말해서 지적·논리적 이해를 뛰어넘는 시적 이미지의 비약이나 도약——여기서 저기로, 이것에서 저것으로 후딱 건너뛰고 날아다니는 그 요술은 다름 아니라 메아리 현상인 것이다).

방금 인용한 작품으로 돌아가서. "환각에 침식당한/어린 돌들"이 "내 생각의/물 위에 떨어"지면서 "신은 멀리 계시다!"라고 말하듯이 우리의 영혼은 "불가사의로 어두운 채" 있다. 여기서 불가사의로 어둡다는 것은 액면 그대로 자기의 앎의 한계나 불완전을 말하는 것으로 읽어도 좋겠지만, 로르카에게 '불가사의'는 그렇게 소극적인 뜻만을 갖고 있는 게 아니다. 지금 우리는 로르카가 '신비한 힘'이라고 부르는 중요한 이야깃거리로 자연스럽게 넘어가고 있는 중이지만, 그의 '신비'는 탄생과 죽음에 깃들어 있는 어떤 것, 예술 창조에 한정해서 말하자면 마악 작품을 만들고 있는 예술가의 마음을 지배하고 있는 '검은' 힘이다.

「공고라의 시적 이미지」라는 산문의 한 대목을 읽어본다.

메아리의 시학

한 편의 시를 마악 만들려고 하는 시인은(나는 경험으로 알고 있거니와) 도무지 헤아릴 길 없을 만큼 머나먼 숲속에서 밤 사냥 여행을 하고 있는 듯한 막연한 느낌을 갖고 있다. 그의 가슴속에서는 설명할 길 없는 공포가 술렁거린다. 마음을 가라앉히기 위해서는 냉수 한 잔을 마시거나 펜으로 뜻 없는 검은 표시를 하는 게 좋을 것이다. 내가 '검은'이라고 말하는 까닭은 그게 불가사의이기 때문이다.

　이 불가사의, 검은 술렁거림은 로르카가 스페인 고유의 신비로운 힘이라고 강조하는 두엔데(duende)를 연상시킨다.

　두엔데는 뭐라고 꼬집어 설명할 수 없는 것이지만, 로르카가 「두엔데의 이론과 작용」이라는 글에서 말하고 있는 것을 간추려보면 그것은 괴테가 파가니니의 음악을 듣고 말한 것처럼 "누구나 느끼고 있으나 어떤 철학자도 설명하지 못한 어떤 신비한 힘"으로서 땅(흙)의 정령 또는 지령(地靈)이며, 죽음의 냄새가 난다. 음악, 문학, 춤, 미술 같은 예술은 물론이고 또 하나의 예술인 투우에서도 두엔데는 그들 작품의 위대성을 기약하는 힘으로서 "두엔데가 온다는 것은 언제나 형식상의 급격한 변화를 뜻한다. 그것은 낡은 수준에, 기적과도 같이, 새로 창조된 것의 음색과 함께, 알려지지 않은 신선한 느낌을 가져오며, 거의 종교적인 열광을 낳는다".

그의 말을 계속 읽어본다.

우리가 두엔데를 찾는 데는, 도움되는 지도도 없고 훈련도 없다. 우리가 오직 아는 것은 그것이 부서져 가루가 된 유리처럼 피를 불타게 한다는 것, 그게 자진(自盡)한다는 것, 우리가 알고 있는 모든 달콤한 기하학을 거부한다는 것, 모든 스타일과 결별한다는 것, [……] 곡예사의 초록 양복을 입은 랭보의 절묘한 몸을 입고 있다는 것, 또는 이른 아침의 가로수 길에 있는 로트레아몽 백작한테 죽은 물고기의 눈을 붙인다는 것뿐이다.

어떤 시의 마술적 특질은 항상 두엔데에 사로잡혀 있는 데 있으며, 그걸 보는 사람은 누구나 검은 물로 세례를 받는다.

그리고 투우사에 대해서는 이렇게 말한다. "그의 용감함으로 관중을 놀라게 하는 투우사는 투우를 하는 게 아니라 누구나 할 수 있는 것—생명을 도박(내기)함으로써 스스로를 우스꽝스럽게 비하한 것이다. 그러나 두엔데에 사로잡힌 투우사는 피타고라스적 음악으로 교훈을 주며, 우리로 하여금 그가 그의 가슴을 항상 투우의 뿔 위로 던진다는 걸 잊게 한다."

그러면서 그는, 스페인이 죽음을 국민적 스펙터클로 취급하는 유일한 나라라고 하는 한편, 스페인의 예술은 매서운 두엔데에 의해 지배되어왔으며 그것이 스페인 예술을 남다르게 하

메아리의 시학

고 창의적인 것으로 만든다고 말한다.

두엔데—그 두엔데는 어디 있는가? 빈 아치를 통해, 사자(死者)들의 머리 위로 끊임없이 부는 마음의 공기가, 새로운 풍경과 알려지지 않은 악센트를 찾으며 들어온다; 아이의 침냄새가 나는 공기, 밟힌 풀의 냄새, 그리고 새로 창조된 것들의 끊임없는 세례를 알리는 해파리와 같은 베일의 냄새를 풍기는 공기가.

두엔데에 관한 그의 생각을 엿볼 수 있는 대목들을 여기저기 읽어보았으나 역시 잡힐 듯이 잡힐 듯이 잡히지 않는 '신비한 힘'이다. 그러한 것을 내 나름대로 정리해보자면, 두엔데는 땅의 일들로 상처 입기를 두려워하지 않으며, 순간순간 죽음과 더불어 사는 영혼한테 생기는, 보호와 안락에 길든 심신은 만나기 어려운, 비상한 에너지에 다름 아니고, 그리하여 죽음의 냄새가 나며, 천사나 뮤즈처럼 바깥에 멀리 있으면서 길잡이가 되거나 컴퍼스를 빌려주는 존재가 아니라 우리의 핏속에 녹아 있고, 결코 길들지 않는 나머지 항상 날것인 채 있으면서 예술 창조의 새로운 국면을 여는 힘이며, 창조하고 있는 예술가의 영혼 속에서 그 작품이 완전한 것이 되도록 부추기면서 운명과도 같이 강력히 작용하는 신비한 힘이다.

로르카의 작품은, 몇 편을 제외하면, 그러한 두엔데가 낳은 것인데, 우리 인생길의 있는 그대로의 풍경을 그리고 있어 그

가차 없는 쓸쓸함으로 전율케 하는, 귀기(鬼氣)에 싸인 작품
「기수(騎手)의 노래」라든지 강렬한 성애를, 언어가 아니라 그
사랑의 밀도가 분비해낸 신선한 즙처럼 느끼게 하는「여름의
마드리갈」도 예외가 아니다.

코르도바.
멀고 외로운.

검은 조랑말, 큰 달,
그리고 내 안낭(鞍囊)에 올리브.
비록 나 길을 알아도
나는 코르도바에 가지 못하리.

평원 속으로, 바람 속으로.
검은 조랑말, 붉은 달.
죽음이 나를 보고 있네
코르도바의 탑들에서.

아! 멀기도 하여라!
아! 내 장한 조랑말!
아! 그 죽음이 나를 기다리리
내 코르도바에 가기 전에.

메아리의 시학

코르도바.

멀고 외로운.

네 그 붉은 입술, 집시 에스트렐라여

그걸 내 입으로 가져오렴, 나

그 사과를 깨물리

이 눈부신 대낮의 햇빛 아래서!

언덕 위 푸른 올리브 숲에

무어 풍(風)의 탑이 하나,

네 시골 살색

꿀과 새벽의 맛.

[······]

피로 붉어진 네 입, 그

사랑의 극락으로 나를 채색해다오,

살 속 깊이

고통의 검은 별.

220

[……]

또한 너는 나를 사랑 안 해도 나는

네 그늘진 눈짓 때문에 너를 사랑하리

종달새가 오로지 이슬 때문에

새날을 좋아하듯이.

네 붉은 입을 내

입으로 가져오렴, 집시 에스트렐랴여!

대낮의 밝은 빛 속에서

나는 그 사과를 먹으리, 어서!

　　　　　　　　　—「여름의 마드리갈」 부분

　이러한 사랑의 극락의 순간에 "살 속 깊이/고통의 검은 별"
처럼 두엔데는 활동하고 있었을 터이며, 그러한 순간의 언어적
응축 과정에도 두엔데는 작용하고 있었을 것이다. 성애든 시작
(詩作)이든 그것이 '고통스러운 극락'이기 위해서는 두엔데의
현존이 필요하다고 할 수 있다.

　투우에 매료되었던 로르카의 걸작 「이그나시오 산체스 메히
아스의 죽음을 애도하는 노래」의 공간에도 역시 두엔데의 숨결
이 팽팽히 감돌고 있다. 투우를 '가장 생기 있고 시적인 스페인
의 보물'이라고 말하는 그는 「바가리아와의 대화」에서 "투우는

세계에서 가장 세련된 축제이다. 그건 스페인 사람들이 그들의 최상의 눈물과 담즙을 흘리는 순수한 드라마이다. 더구나 투우는 가장 눈부신 아름다움의 한가운데서 죽음을 보리라고 여기며 들어가는 유일한 장소이다. 만일 투우장에서 울리는 저 극적인 트럼펫 소리가 멈춘다면 스페인의 봄과, 우리의 피와, 우리의 언어는 어떻게 되겠는가? 체질적으로 그리고 시적 취향에서 나는 벨몬테를 굉장히 숭배한다"고 말하고 있는데, 투우장으로 두엔데를 숨 쉬러 갔던 그로서는 그의 절친한 친구였던 뛰어난 투우사 이그나시오 산체스 메히아스가 투우장에서 쇠뿔에 받혀 죽었을 때 두엔데에 사로잡혔고 그를 애도하는 걸작을 썼던 것이다.

그러지 않고서야, 참으로 드문 진정성이 낳은 저 어투와 속도와 은유들이 어떻게 태어났겠는가. 그리고 이 작품에서 로르카가 "아무도 너를 모른다. 아무도, 하나 나는 너를 노래한다./ [······]/죽음에 대한 네 식욕과 그 입의 미각에 대하여./네 한때의 뛰어난 명랑함의 슬픔에 대하여"라고 노래할 때, 나는 이 대목을 고스란히 로르카 자신에게 되돌리고 싶다.

또한 끝으로 그 두엔데가 앞에서 얘기한 메아리의 핵(核)이나 메아리를 타고 날아다닌다는 느낌을 나는 지울 수 없다.

[1994]

숨 막히는 진정성의 시
—바예호 읽기

안팎이 같은 시의 이상을 실현한 힘이
바로 진정성이다.

1

세상에는 여러 가지 시가 있고 또 그것들을 평가하는 기준도
여러 가지가 있을 수 있겠으나, 어떤 종류의 작품이든지 간에
그게 진짜냐 가짜냐 하는 걸 판별하는 궁극적인 기준이(아울러
평가의 정당성 여부를 가늠하는 참조 거리가) 진정성이라고 할 때,
바예호(C'esar Vallejo)는 진짜 시인임에 틀림없다. 그리하여 바
예호를 두고 "부분적으로 진정한 감정의 시인이 아니라 전적으
로 진정한 시인"이라고 한 영역자 로버트 블라이의 말은 핵심
을 찌른 것이라고 할 만하다.

그의 진정성은, 가령 「내 형 미겔에게」나 「나는 희망에 관해
말하려고 한다」 같은 작품에서 볼 수 있듯이, 진술 방식을 '낳
는' 힘이다.

형, 오늘 나는 집 밖 벽돌 벤치에 앉아 있어,

네가 바닥 없는 공허를 만드는 곳,

하루 중 이맘때쯤이면 우리는 놀지 않았어, 엄마는

시끄럽다고 하셨지: "애들아, 그만 좀 해라……"

나는 늘 하듯이

숨고, 저녁 내내

빌면서, 네가 나를 찾지 못하길 바라지.

거실, 현관 안쪽 홀, 복도에서.

다음엔 네가 숨고, 나는 너를 찾지 못해.

나는 기억해 형, 그 놀이에서

우리가 서로 울렸던 걸 말야.

미겔, 너는 숨었지

8월 어느 날 밤, 새벽녘에,

하지만 네가 숨을 때 소리 내어 웃는 대신, 너는 슬펐어.

그리고 그 죽은 저녁들을 네 다른 가슴은

찾다가 지치고 너를 찾지 못했어. 인제

그림자가 영혼 위에 떨어지는군.

이봐, 형, 오래 있지 말고

어서 나와. 응? 엄마가 걱정하실 거야.

—「내 형 미겔에게—추억」 전문

나는 세사르 바예호로서 이 고통을 느끼지 않는다. 나는 인제
창조하는 인간으로서 괴로워하지 않으며, 한 인간으로서, 심지어
살아 있는 존재로서 괴로워하는 것도 아니다. 나는 천주교 신자나
회교도로서 또는 무신론자로서 이 고통을 느끼지 않는다. 오늘 나
는 그냥 아프다. 내 이름이 세사르 바예호가 아니더라도 나는 여전
히 그걸 느낄 것이다. 내가 예술가가 아니어도 역시 그걸 느낄 것
이다. 한 인간이 아니더라도, 심지어 살아 있는 존재가 아니더라
도, 무신론자가 아니고 회교도가 아니더라도 나는 여전히 그걸 느
낄 것이다. 오늘 나는 저 깊은 데서부터 아프다. 오늘 나는 그냥 아
프다.

내 아픔은 설명할 길이 없다. 내 아픔은 너무 깊어서 원인이 있
은 적이 없고, 원인이 있을 필요도 없다. 그 원인이 무엇일 수 있었
을까? 그다지도 중대한 나머지 그 원인이기를 그친 그런 것이 어
디 있을까? 그 원인은 무(無)이며, 무도 그 원인이 아닐 수 있다.
왜 이 아픔은 순전히 그 스스로 태어난 것일까? 내 고통은 북풍에
서 오고 남풍에서도 온다, 어떤 희귀조(稀貴鳥)가 바람을 배서 낳
는 저 자웅동체의 알들처럼, 내 신부가 죽었다고 해도 내 고통은
여전할 것이다. 그들이 내 목을 싹둑 베었다고 해도 내 고통은 여

숨 막히는 진정성의 시

전하리라. 말을 바꿔서, 인생이 달랐다고 하더라도 내 고통은 똑같을 것이다. 오늘 나는 저 높은 데서부터 아프다. 오늘 나는 그냥 아프다.

나는 배고픈 사람의 고통을 본다, 그리고 그의 배고픔은 내 고통에서 아주 먼 나머지 만일 내가 죽을 때까지 단식을 하더라도, 적어도 풀잎 하나는 내 무덤에서 항상 솟아나리라는 걸 나는 안다. 그리고 저 사랑하는 사람과도 그렇다! 원천도 쓸모도 없는 내 피에 비해, 그의 피는 너무도 풍요롭다.

나는 지금까지 줄곧 이 세상의 모든 것은 부모들이거나 자식들이어야 한다고 믿어왔다. 그러나 부모도 자식도 아닌 내 고통이 여기 있다. 그건 어두워지는 후면이 없고, 밝아지기에는 너무 강렬한 전면을 갖고 있으며, 만일 그걸 어두운 방에 넣으면, 그건 빛을 내지 않을 것이며, 그걸 불 밝은 방에 넣으면, 그건 무슨 그림자를 던지지도 않을 것이다. 무슨 일이 있든지 간에, 오늘 나는 아프다. 오늘 나는 그냥 아프다.

—「나는 희망에 관해 말하려고 한다」 전문

앞의 작품은 두드러지게 극적인 방식—미국 신비평가들이 강조한 상황의 극화(劇化)를 통해서, 그리고 뒤의 작품은 자기의 아픔을 드러내기 위해 가짜처럼 보이는 아픔들을 부정하는 방식을 통해서 말하고 있는데, 그 진술 방식은 작품의 겉이면서 동시에 작품의 속이다. 우리가 보통 작품의 표면이라고 생각하는 형식이라든지 표현 방법이 곧 작품의 속 알맹이인 경우의 대표적인 예를 바예호의 작품들은 보여주고 있다. 작품의 겉과 속이 다르지 않고 이렇게 하나인 경우는 어느 나라에서든 그렇게 흔한 게 아니다. 그리고 그렇게 안팎이 같은 시의 이상을 실현한 힘이 바로 진정성이다.

또 앞에서 나는 진술 방식을 '낳는'이라고 이 말을 강조했는데, 그 까닭은 그의 말하는 방식에서 우리는, 참으로 이상하게도, 의식적으로 꾸며낸 흔적을 전혀 느낄 수 없기 때문이다. 다시 말해서 쓴 사람 자신을 돋보이게 하기 위한(즉 자기 선전을 위한) 계산된 장치로 고안된 것에 불과한 엉성한 극적 구성이나 진술이 아니고(우리나라 시에는 그러한 작품들이 많이 눈에 띄며, 그걸 알아보는 눈도 드물다. 즉 잘 속아 넘어간다), 짐짓 재미있게 쓰고 남의 눈을 끌겠다는 불순한 수작도 아니며, 도대체 제스처니 포즈니 하는 것은 그 작품 근처에도 가지 못하는 그러한 표현 방식이기 때문이다. 그리고 읽는 사람의 가슴을 흔드는 그 고유의 강렬함과 밀도는 또한 그의 비상한 진정성의 소산인 것이다(한편 그의 진정성을 바예호 고유의 것이게 하는 요인의 하나가 그의 야성이다).

타고난 성질인 그러한 미덕은 그의 별나게 끈끈한 가족에 대한 애착에서도 보이고, 평생 가난과 싸운 그가 다른 가난한 사람들에 대해 느끼는 연민과 죄의식에서도 진하게 보인다. 가령 「우리의 일용할 빵」이라는 작품에서 시인은, 자기가 먹는 게 남이 먹어야 할 것을 먹는 것이며, 자기가 태어나지 않았더라면 자기가 마시는 커피를 다른 가난한 사람이 마실 수 있었을 것이라고 하면서(이런 느낌은 저절로 우리로 하여금 인구 문제까지 생각하게 한다) 스스로가 '더러운 도둑'인 듯이 느껴진다고 한다. 후반부를 옮겨본다.

> 내 속의 모든 뼈는 다른 사람들 것이다;
> 아마 나는 그것들을 훔쳤는지 모른다.
> 다른 사람 몫일는지도 모를 것을
> 내가 챙기려고 나는 왔다;
> 그리고 나는 생각하기 시작한다, 만일 내가 태어나지 않았다면,
> 다른 가난한 사람이 이 커피를 마셨을 텐데……
> 나는 내가 더러운 도둑처럼 느껴진다…… 어디서 나는 끝날 것
> 인가?
> 그리고 이 혹한의 시간, 이 땅이
> 인간의 먼지 냄새 풍기고 또 그다지도 슬픈 시간,
> 나는 바란다 모든 대문을 두드리면서
> 누구한테 용서를 받으면 좋겠는데 하고,
> 그리고 그를 위해 새로 빵을 좀 구웠으면
> 여기, 내 가슴의 오븐 속에서……!

우리가 음식을 먹으면서 변덕스럽게 이따금 느끼기는 하지만 그다지 철저하게는 느끼기 어려운, 그리고 내가 존재한다는 게 벌써 남을 해치는 것이라는 생각을 하면서도 내가 존재하는 한 그런 말을 하는 게 쑥스럽게 느껴져(아직 존재하는 한 말에 불과한 것이니까) 잘 하게 되지 않는 말을 바예호는 감동적으로 하고 있다. "여기, 내 가슴의 오븐 속에서" 구워내는 빵이라니! 영원히 갓 구운 빵이요, 그야말로 영원한 빵이 아니고 무엇이랴! 그리고 이 시인의 '가슴의 오븐'은 비단 빵에만 한정되는 게 아니다. 그것은 그의 진정성의 정도를 실물적(實物的) 질감으로 느낄 수 있게 하는 한 비유에 지나지 않는다. 그래서 내가 이해할 수 있는 작품들에서 강하게 느껴지는 것은 그것들이 모두 '가슴의 오븐'을 사용하여 구워낸 빵이라는 것이다.

「나는 희망에 관해 말하려고 한다」라는 작품도 마찬가지다. 여기에 드러나고 있는 아픔은, 우리가 가끔 느끼는 밑도 끝도 없는 어떤 슬픔처럼, 뛰어난 뜻에서의 밑도 끝도 없는 아픔이다. 그 원천이 수상하고 그 이유가 시원치 않은 아픔들과 아주 다른 이 아픔은, 가령 성자적 아픔 어쩌고 해도 당연히 손상될 뿐이기만 한, 이름 붙일 수 없는 아픔이다. 이 아픔은 어떤 이름도, 어떤 한정도, 어떤 미화도 가당치 않은 그런 것이다. 그냥 이 세상에서 살다 간 한 시인의, 작품에서 말하고 있는 바대로 아픈 아픔이라고 할 수밖에 없으리라. 저 깊은 데서부터 아프

숨 막히는 진정성의 시

고 더 높은 데서부터 아프며, 북풍에서 오고 남풍에서도 오는
아픔, 그냥 아픈 아픔……

2

세사르 바예호는 1892년 3월 16일 페루 북부의 한 광산촌에
서 태어났다. 그의 부모는 모두 토박이 인디언.「내 형 미겔에
게」에서 어느 정도 느껴지듯이, 집안 분위기는 헌신적이고 기
도하는 가톨릭 집안의 그것이었다. 그의 고향 마을인 산티아고
데 추코에 가보고 온 미국의 또 다른 바예호 번역가가 전해준
바로, 그 마을은 작고 초라한 광산촌으로서 집집마다 식구들이
많았고 의좋게 뭉쳐서 살고 있었으며, 예부터 겪어온 자연의
위협과 근대적 형태의 위협으로부터 자신들을 보호하기 위해
전 가족을 동원하며 살고 있었는데, 위협들이란 다름 아니라
질병과 영양실조와 추위, 그리고 텅스텐 광산 직원들의 횡포였
다고 한다.

바예호는 18세 때 트루히요대학에 가기 위해 집을 떠났다.
공부하고 시도 쓰면서 대학 시절을 보냈고 23세에 졸업했다.
졸업한 뒤 그는 먹고살기 위해서 초등학교 교사를 하는 한편
시를 계속 써서 1919년 첫 시집을 리마에서 출간했다. 제목은
'검은 기사(騎士)들'이었는데, 기사가 검은 말을 타고 죽음으로
부터 메시지를 가지고 온다는 걸 암시한다. 그 시집은 사람들

을 깜짝 놀라게 했으며, 관능적이고 예언적이며 애정이 가득하고 야성적이다. 문제가 많은 신과 죽음에 이끌리면서, 믿을 수 없을 만큼 상상력의 비약과 함께 움직이는 작품들이 수록되어 있다.

첫 시집을 출간하고 이듬해, 그는 방문차 집에 가는데 그 지방의 정치적 싸움에, 그럴 의사가 없었는데도, 말려든다. 그의 정치적 입장이 알려졌고, 그 때문에 트루히요에 있는 감옥에 3개월 동안 갇힌다. 거기서 그는 두번째 시집인『트릴세』를 쓰는데, 작품들이 하도 어려워서 전문가들도 이해하기 힘들 정도다. 영역자인 로버트 블라이에 의하면, 그 시집의 작품들은 이미 밝은 방에 쏟아지는 빛 혹은 섬광과 같다. 자유연상이 엄청난 속도로 전개되며, 대부분 모호하고, 초현실적이고, 내면적이며, 버들가지처럼 거의 공기와 같다. 그 초현실주의적인, 공기와 같은 미묘함은 가령 네루다의『지상의 거주(Residence on Earth)』시편들——땅에 얽히고 내장적(內臟的)이며 정글의 초현실주의인 그 시편들의 반대편 끝에 놓음 직한 것으로 보인다.

그 시집이 출간된 다음 해에 바예호는 리마에서의 교사 자리를 잃고, 트루히요의 한 신문사 통신원으로 파리에 가기로 결심한다. 어떻든 파리에는 초현실주의자들이 살고 있었다. 거기서 그는 즉시 가난에 직면했으며, 때때로 번역과 신문사 일을 했음에도 불구하고 여생을 가난 속에서 살게 된다. 당시 파리에는 남미 지식인이 많이 있었고, 프랑스 사람들은 그들

숨 막히는 진정성의 시

을 2급 시민으로 취급했다. 그가 겪은 가난은 장난스러운 보헤미안적 가난이 아니라, 도무지 벗어날 수 없는 어떤 영구적인 상태였다. 그는 밑바닥 사람들한테 친근감을 느꼈고, 알고 지내던 프랑스 창녀들한테 바치는 시를 여러 편 썼다. 그는 15년 동안 유럽에 머물렀으며 남미로 돌아오지 않았다. 그는 어떻게 하면 신발이 닳지 않게 지하철에서 내릴 수 있는가, 그리고 어떻게 바지가 닳지 않도록 다리를 포개는가에 대해 상당히 공들인 이론을 전개했다고 한다. 그는 또한 프랑스 시를 많이 읽었고 아르토 등 여러 사람을 만났다. 1929년부터 시작된 '대공황' 시기에 그는 시에 대해 생각하는 것 못지않게 가난의 문제에 대해 많이 생각했고, 자기 자신의 가난보다는 다른 사람들의 가난에 대해 더 생각했다. 그는 한때 공산주의 운동에 진지하게 참여했으며 열렬한 마르크시스트였다. 1928년에 러시아를 방문했고, 이듬해에는 모스크바에서 마야콥스키와 회견했다. 1930년, 프랑스는 그를 그의 프랑스인 아내 조젯과 함께 추방했다.

그들은 스페인으로 갔고, 그래서 바예호는 1930년대 전반의 스페인을 체험했는데, 그때는 로르카와 그의 동세대 시인들이 기막힌 초현실주의 시들을 쓰고 있었던 때이다. 스페인에서 바예호는 소설 한 편과 에세이 한 권, 그리고 희곡 두 편을 썼다. 그의 기사나 에세이 또는 희곡은 어느 나라 말로도 번역된 바 없다. 1932년에 그는 파리로 돌아왔고, 중간에 스페인을 잠깐

다녀온 것 말고는 6년 뒤 죽을 때까지 줄곧 거기서 조젯과 함께 살았다. 1936년 프랑코의 스페인 공화국 침공은 그의 삶에 깊은 영향을 미쳤다. 그 기간 동안 그는 모금을 하고 공화국을 지지하는 글을 쓰는 등 공화국을 위해 일했다. 스페인내란에 대해 쓴 작품이 「스페인이여 이 잔을 내게서 거두어라」인데, 죽기 직전에 쓴 그 시는 미겔 에르난데스의 시와 함께 공화국 군인들에 의해 스페인에서 인쇄되었다.

그의 세번째 시집인 『인간 시편』은 그가 죽기 전해인 1937년에 쓴 것으로, 구작을 다시 쓴 게 많으며 새로 쓴 작품도 물론 포함돼 있다. 이 시집에서 그는 일상생활의 터무니없는 무게가 인간을 얼마나 끌어내리는가에 대한 느낌을 내보이고 있다. 그에게 하루를 지내는 것은 산 하나를 운반하는 것과 같았다. 일상생활이 우리를 끌어내리는 것은 그 범용성(凡庸性) 때문인데, 그는 그걸 혐오한다. 일상성의 단조로운 되풀이에 대한 혐오가 어디 그만의 것일까만, 어떻든 그는 「어쩔 것인가 그렇게 많은 말……」에서 보듯이, 삶과 문학이 강렬한 것이기를 바랐고 그렇지 않으면 아예 집어치우고자 했다.

스페인내란의 망명자들을 위해서 일하고, 시 쓰고, 내란에서의 좌익의 패퇴에 상심하고, 스페인에서 사람들의 죽음과 그동안 한 일이 무위로 돌아감을 보면서, 1937~1938년의 겨울, 그는 이미 지쳐 있었다. 1938년 봄, 그는 유럽 의사들이 병명을 알아내지 못한 열병에 걸려 4월 15일, 비가 내리고 있을 때, 파리

숨 막히는 진정성의 시

에서 죽었다. 그는 점성술의 12궁 중 물고기좌인데, 죽기 몇 년 전에 한 작품에서 "나는 비 오는 날 파리에서 죽을 것이다"라고 쓴 적이 있었다. 그의 시신은 몽루주 공동묘지에 묻혔고, 몇 명의 프랑스 작가와 예술가가 매장을 지켜보았다. 몇 년 동안 그를 살아 있게 하느라고 애쓴 아내 조젯은 나중에 리마로 이사했다.

[1991]

인공 자연으로서의 시*
―네루다 읽기

마음 됨됨이와 작품 됨됨이에서
아울러 오는 그 비상한 진정성이
치열하리만큼 밀도 있는 것이어서
읽는 사람을 감동케 한다.

1

네루다(Pablo Neruda)의 시는 언어라기보다 그냥 하나의 생동이다. 그의 살은 제 살이 아니라 만물의 살이요, 그의 피는 자신의 피가 아니라 만물의 피며, 그의 몸 안팎의 분비물은 자기의 것이라기보다 만물의 것이기 때문이다(이 말은 인간의 살과 피가 그가 먹은 온갖 것의 결과라는 사실적 논리적 인식과 좀 다르다). 요컨대 네루다는 만물이다. 그의 시를 통해 자신들이 드러날 때 사물은 마침내 희희낙락하는 것 같고, 스스로의 풍부

---

* 이 글에 인용된 네루다의 시들은 『스무 편의 사랑의 시와 한 편의 절망의 노래』(정현종 옮김, 민음사, 1989)에 수록되어 있다.

함에 놀라는 것 같다. 예컨대 그가 「시」라는 작품에서,

> 그러니까 그 나이였어…… 시가
>
> 나를 찾아왔어. 몰라, 그게 어디서 왔는지,
>
> 모르겠어, 겨울에서인지 강에서인지,
>
> 언제 어떻게 왔는지 모르겠어.
>
> 아냐, 그건 목소리가 아니었고, 말도
>
> 아니었으며, 침묵도 아니었어,
>
> 하여간 어떤 길거리에서 나를 부르더군,
>
> 밤의 가지에서,
>
> 갑자기 다른 것들로부터,
>
> 격렬한 불 속에서 불렀어,
>
> 또는 혼자 돌아오는 길인데 말야
>
> 그렇게 얼굴 없이 있는 나를
>
> 그건 건드리더군.

—「시」부분

이라고 얘기할 때, "다른 것들"이라든지 "얼굴 없이 있는 나"
라는 말은 앞에서 한 얘기의 다른 표현일 터이다. 그의 시 속에
서는 사물의 경계가 지워지고, 안팎의 구별은 없어진다(풍부하
다는 것은 경계와 차별이 없다는 것이다. 둘이 아니라 하나라는 것이
다). 다시 말해서 그의 시는 그것이 노래하는 사물의 핵심에 이

르지 않는 법이 없다. 그리고 거기 열리는 세계는 무궁동(無窮動)이라고 할 수밖에 없는 역동 상태에 있다.

그러한 역동성은 열광하고 감동 잘하는 그의 체질, 대상과 한 몸이 되지 않고는 견디지 못하는 감각의 점착성, 물도 있고 불도 있으며 온갖 자원의 보고요 생명의 원천이면서 동시에 죽음의 나락인 저 깊고 어두운 대지와도 같은 무의식의 거친 생명력, 사물의 안팎을 동시에 거머잡으며 수직·수평 운동 또는 구심·원심 운동을 아울러 수행함으로써 작품에 깊이와 넓이를 동시에 주는 민첩한 상상력의 에너지, 그리고 인간과 모든 생명 있는 것을 향해 퍼져 나가는 형제애와 사랑 같은 것들의 소산이라고 할 수 있는바, 그의 시가 말이 아니라 하나의 생동인 까닭을 우리는 어렴풋이나마 짐작해볼 수 있다.

무의식의 즙으로 물오른 언어라고 할 수 있는 그의 시가 일관되게 갖고 있는 특징이라고 할 수 있지만, 특히 그의 『지상의 거주』는 서구의 언어로 씌어진 가장 위대한 초현실주의 시라는 평가를 받고 있다. 그러나 그의 초현실주의는 프랑스 초현실주의자들처럼 추상적인 주장 속에 들어 있지 않다[물론, 말할 것도 없지만, 그의 시는 모든 주의(主義)를 멀리 뛰어넘으며, 어떤 주의를 빌려 그의 시를 설명하려는 것은 악덕이라는 걸 지적해둬야겠다]. 로버트 블라이와의 대담에서 그가 "남미에서의 시는 전혀 다른 문제다. 알다시피 우리 대륙의 나라들에는 이름 없는 강들, 아무도 모르는 나무들, 누구도 말한 적이 없는 새들이 있다. 우리

인공 자연으로서의 시

가 초현실적이 되는 건 쉬운 노릇인데 왜냐하면 우리가 아는 모든 것은 새로운 것이기 때문이다"라고 말하고 있듯이 배워서거나 의식적으로 그렇게 된 게 아니라 그가 태어나 자란 자연환경 때문에 저절로 그렇게 된 것이고, 또 가슴에 들어 있는 심장처럼 타고난 체질이요 재능의 특성이라고 할 수 있을 것이다.

그러니까 영역자인 로버트 블라이라는 미국 시인의 다음과 같은 얘기는 정확한 것이라고 할 만하다. "네루다의 시들과 비교해보면 프랑스(초현실주의) 시인들의 시는 생기 없고 찍찍거리는 것이다. 그 프랑스 시인들은 자기들이 제도화한 아카데미즘과 합리주의적 유럽 문화를 싫어하기 때문에 스스로를 억지로 무의식 속으로 몰고 간다. 그러나 네루다는 재능을 가졌다—미래 속에서 순간적으로 사는 점쟁이의 재능, 우리가 무의식적 현재라고 부를 수 있는 것 속에서 잠깐씩 사는 재능을. 아라공과 브르통은 이성(理性)의 시인들로서, 자신들을 가끔 무의식 속으로 되던져 넣었을 뿐이지만 네루다는 집게발과 딱딱한 등딱지를 가진 심해의 게처럼, 대낮과 같은 의식 밑바닥에 있는 육중한(대량의) 물질들을 들이마실 수 있다. 그는 여러 시간 동안 바닥에 머물면서 조용히 그리고 히스테리 없이 어정거린다." 말하자면 그들 스스로의 시를 통해서는 실현하지 못한 프랑스 초현실주의자들의 꿈을 유감없이 실현한 시인이 네루다라고 할 수 있겠다(가령 브르통이 감탄한 서인도제도의 작은 섬 마르티니크의 시인 에메 세제르도 그런 경우에 속할 것이다).

예컨대 이른바 '인간 해방'이라는 것만 해도, 해방된 인간의 모습이란 궁극적으로 자연 상태로 있는 인간에 다름 아니라고 한다면, 네루다의 시가 해내고 있는 천지창조—또 하나의 창세기로서의 광활하고 신선한 공간이야말로 낙원이 아니고 무엇이랴. 지금 우리는 이 글의 앞부분에서 얘기한 걸 좀 다르게 말하고 있는 중이지만, 네루다의 시는 그리하여 모든 시의 꿈이라고 할 수 있는 자연으로서의 언어—인공 자연을 실현하고 있다고 할 수 있다.

필자는 「시란 무엇인가」라는 글에서 "현실과 역사는 끊임없이 우리의 꿈의 실현을 유예하면서 미래화하지만 지복의 순간을 허락하는 시는 우리의 현재를 탈환하고 회복"한다고 말한 적 있지만, 시가 가지고 있는 힘—읽는 사람을 해방하고, 신명의 열로 고양되게 하며, 새 세상 새 시간 속에 있게 하는 힘은 거의 물질적이라고 할 만큼 실감 나는 것이다. 사실 황홀이나 지복의 상태란 마악 소용돌이치고 있는 에너지가 아니고 무엇이겠는가!

> 나는 뭐라고 해야 할지 몰랐어, 내 입은
>
> 이름들을 도무지
>
> 대지 못했고,
>
> 눈은 멀었으며,

내 영혼 속에서 뭔가 시작되고 있었어,

열(熱)이나 잃어버린 날개,

또는 내 나름대로 해 보았어,

그 불을

해독하며,

나는 어렴풋한 첫 줄을 썼어

어렴풋한, 뭔지 모를, 순전한

난센스,

아무것도 모르는 어떤 사람의

순수한 지혜,

그리고 문득 나는 보았어

풀리고

열린

하늘을,

유성(遊星)들을,

고동치는 논밭

구멍 뚫린 그림자,

화살과 불과 꽃들로

들쑤셔진 그림자,

휘감아도는 밤, 우주를.

그리고 나, 이 미소(微小)한 존재는

그 큰 별들 총총한

허공에 취해,

신비의

모습에 취해,

나 자신이 그 심연의

일부임을 느꼈고,

별들과 더불어 굴렀으며,

내 심장은 바람에 풀렸어.

—「시」부분

2

파블로 네루다는 1904년 6월 12일 남칠레의 국경 지방에 있는 한 작은 읍에서 철도 직원의 아들로 태어났다. 아버지는 네루다가 소년일 때 기차에서 떨어져 피살되었다. 시인은 "우리 아버지는 이 세상에서 비가 제일 많이 오는 묘지에 묻혔다"고 말한 바 있다. 그의 본래 이름은 리카르도 엘리에서 네프탈리 레예스 바소알토였고, 그의 필명은 아주 어렸을 때 19세기 체코 시인을 숭배한 나머지 지은 것이다.

16세 때인 1920년, 네루다는 고등학교에 진학하려고 산티아고로 갔다. 그의 시「길 위의 친구들」은 그 시절에 관한 작품이다. 그는 그때 이미 시를 쓰고 있었는데, 아주 활기 있고 열광에

차 있는 작품이었다. 19세 때 그는『스무 편의 사랑의 시와 한 편의 절망의 노래』라는 시집을 냈는데 이 시집은 오늘날에도 남미 전역에서 사랑을 받고 있다.

> 한 여자의 육체, 흰 언덕들, 흰 넓적다리.
> 네가 내맡길 때, 너는 세계처럼 벌렁 눕는다.
> 야만인이며 시골 사람인 내 몸은 너를 파들어가고
> 땅 밑에서 아들 하나 뛰어오르게 한다.

그는 나중에 "연애시가 내 몸 전체에서 돋아났다"고 말했다.

> 아 사랑이 울려 내는 네 신비한 목소리는
> 반향하며, 숨 막히는 저녁 속에 어두워진다!
> 그렇게 깊은 시간 속에서 나는 보았다, 들판에서
> 밀의 귀들이 바람의 입속에서 울리고 있음을.

그 무렵 쓴 단편소설의 서문에서 그는 이렇게 썼다. "내 나날의 삶 속에서, 나는 평온한 사람이었고, 법률과 지도자들과 제도(관습)의 적이었다. 나는 중산층이 싫었고, 예술가든 범죄자들이든 간에 불안정하고 불만에 찬 사람들의 삶을 좋아했다."

남미의 정부들은 젊은 시인들한테 영사 자리를 줌으로써 그들을 격려하는 전통을 가지고 있다. 네루다는 23세 때 시인으로 인정받았고, 칠레 정부는 그에게 극동 주재 영사 자리를 주었다. 그 이후 5년 동안 그는 미얀마, 타이, 중국, 일본, 인도 등지에서 산다. 로버트 블라이와의 대담에서 그 시절을 아주 외롭고 고립되었던 때라고 말했다. 『지상의 거주』의 많은 시는 그 시절에 쓴 것이다.

네루다는 1932년 남미로 돌아왔는데, 그의 나이 스물여덟이었다. 얼마 동안 그는 부에노스아이레스 영사로 있었는데, 그때 아르헨티나에 강연하러 온 로르카를 만났다. 『지상의 거주』 I은 1933년에 출간되었다. 1934년 그는 스페인으로 발령받는다.

스페인 시인들은 이미 여러 해 전부터 그의 야성적인 시를 알고 있었고, 그래서 그를 존경과 열광으로 맞이했다. 그와 아내인 델리아가 사는 집은 이내 시인들로 붐볐는데 특히 로르카와 에르난데스가 자주 드나들었다. 『지상의 거주』 II가 1935년 스페인에서 간행되었다. 로르카, 에르난데스 및 여러 다른 시인이 그들의 초현실주의 시들을 네루다가 만드는 잡지 『시를 위한 초록 말(Green Horse for Poetry)』에 발표했다. 스페인은 15년에 걸친 위대한 시의 시대를 맞았는데, 스페인 시 역사상 1500년대 이후 가장 비옥한 시기였다. 이 시기는 스페인내란으로 종지부를 찍었다.

1936년 7월 19일, 프랑코가 북아프리카에서 침공했다. 네루다는, 영사의 직위로서는 월권 행위에 속하는 것으로서, 칠레가 인민전선 정부 편임을 즉각 천명했다. 영사직에서 물러난 뒤

인공 자연으로서의 시

그는 파리로 갔고, 거기서 스페인 망명자들을 위해 모금했는데, 브르통 및 다른 프랑스 시인들과 바예호의 도움을 받았다. 네루다의 시는 비로소 심각하게 정치적이 되었다. 네루다는 스페인을 사랑하게 되었고, 거기서 사는 걸 좋아하게 되었으며, 스페인 시인들이 받은 충격을 나눠 갖게 되었는데, 그 충격이란 그들의 나라를 우익한테 빼앗기는 것이었다. 그의 시에서 정치적인 에너지는 어떻든 불가피한 것이었던 듯하다. 『지상의 거주』 I · II에서 바깥 세계가 그렇게 선명히 드러나고 또 고통의 감각으로 차 있었으니, 나중의 정치시로의 발전은 놀라울 것이 없다고 하겠다. 그는 1940년에 아메리카로 돌아왔고, 1941년에서 1942년 사이에 멕시코 주재 칠레 영사를 지냈다. 스페인내란에 관해서 쓴 작품들은 '지상의 거주 III'이라는 이름 아래 발표되었다.

1944년, 칠레의 질산염광물 지대인 안토파가스타의 노동자들이 네루다한테 와서 자기네 지역 상원의원으로 출마해줄 것을 요구했다. 그는 출마했고, 당선되었다. 그는 이제 자기 나라의 상원의원이었다. 그는 칠레의 정치에 대해 대단한 관심을 기울였다. 몇 해 뒤에 그는 베네수엘라 시인인 미겔 오테로 실바에게 쓴 긴 시에서, 자기가 연애시인으로 남아 있었으면 상원의원들이 얼마나 다행스러웠겠는가 하는 데 대해 썼다.

내가 연애시를 쓰고 있을 때 말야, 그 작품은 내 몸

사방에서 돋아난 것이고, 그 무렵 나는 의기소침에서 헤어나지 못하고 있었고,

떠돌이 생활에, 자포자기해서, 알파벳을 갉아먹고 있었는데,

그때 그들은 나한테 말했어: "당신 참 굉장하군요, 테오크리토스!"

나는 테오크리토스가 아니야: 나는 생(生)을 얻었고,

그녀와 대면해, 그녀에게 키스했고,

그러고 나서 다른 사람들이 어떻게 사나 보려고

광산의 갱 속으로 다녔지.

그리고 내가 나왔을 때, 내 손은 쓰레기와 슬픔으로 얼룩져 있었고,

[……]

나는 손을 들어 그걸 장군들한테 보여주며

말했지: "나는 이 죄악의 일부가 아니오"

그들은 기침을 하기 시작했고, 역겹다는 표정을 지었고, 인사도 하지 않았고,

나를 테오크리토스라고 부르는 것도 그만두었고, 결국 나를 모욕하기에 이르렀으며

전 경찰력으로 하여금 나를 체포하도록 했는데

왜냐하면 내가 주로 형이상학적 주제에 매달리는 걸 계속하지 않았기 때문이야.

—「카라카스에 있는 미겔 오테로 실바한테 보내는 편지」 부분

인공 자연으로서의 시

네루다의 상원의원 체험은, 그가 말하는 대로, 비밀경찰에 쫓기게 되면서 끝났다. 자초지종은 이렇다. 1948년, 미국의 지원을 받는 우익 강자 곤잘레스 비델라가 독재자로 들어앉았다. 6개월 뒤 네루다는 상원의원으로서 칠레의 헌법을 위반했다고 그를 공격했다. 비델라는 네루다를 반역죄로 몰았다. 예상했던 대로 네루다는 스스로 망명길에 오르지 않았고, 비델라를 한 번 더 공격했으며, 비델라는 그를 체포하라고 명령했다. 네루다는 지하로 숨었다. 광부들과 노동자들이 그의 생명을 구했고, 처음에는 칠레 국내에서, 나중에는 남미의 다른 나라에서, 밤이면 이 집에서 저 집으로 옮겨 가도록 했다. 한 7, 8개월간 그는 옮겨 다녔다. 마침내 그는 말을 타고 안데스산맥을 넘어 멕시코로 갔고, 거기서 파리로 날아갔다. 이 기간 동안 그는 새로운 시집 『모두의 노래(Canto General)』를 쓰고 있었고, 그것은 1949년에 끝이 났다.

그 제목은 어떤 특별한 주제에 한정된 시나 별난 종류의 시에 한정되기를 거부하는 뜻을 함축하고 있다. 네루다는 그 시집을 14년 동안 썼다. 그것은 휘트먼의 『풀잎』이후 아메리카 대륙에 관해 씌어진 가장 위대한 작품이다. 340편의 시가 담겨 있는 이 시집은 하나의 남미 지리·생물·정치사이다. 그 상상력의 풍부함은 놀라운 것인데 그러나 모든 작품이 질적으로 고른 건 아니다. 특히 경찰에게 쫓기는 동안 쓴 작품들에서는 분노가 시를 손상시키고 있다.

네루다는 푸시킨 탄생 150주년 기념행사에 참석하기 위해 파리에서 러시아로 갔고, 다시 멕시코로 돌아왔는데, 1950년 그곳에서 『모두의 노래』 초판이 나왔다.

곤잘레스 비델라 정부가 무너졌을 때 네루다는 칠레로 돌아왔다. 1953년 이후 그는 산티아고 인근 해안 앞바다에 있는 작은 섬 이슬라 네그라에서 살았고, 그 후 발파라이소에서 지내기도 했다.

『지상의 거주』의 향내적(向內的)이고 초현실주의적인 시에서 『모두의 노래』의 이야기가 있고, 역사가 들어 있는 시로 옮겨 가는 동안 스타일에 상당한 변화가 있었다. 그러나 그 뒤에도 그의 시 스타일은 여러 번 바뀌었다. 가령 위의 두 시집에서는 한 행의 길이가 긴 시행이 힘차게 흘러가지만, 1950년대 중반부터 둘 내지 세 단어로 되어 있는 짧은 시행의 시를 쓰기 시작했다. 『단순한 것들을 기리는 노래(Odas Elementales)』가 그것인데 3, 4년 동안 백 편쯤 되는 작품을 썼다.

'낮의 손들'이라는 제목 아래 묶인 만년의 시 중 하나인 「종치는 사람」에는 삶을 마감해가는 시인의 심경이 잘 드러나 있다. 문체는 몇 번 바뀌었지만 그의 체질─흔히 초현실주의적이라고 불리는─은 평생 그의 시를 관류하고 있음을 알 수 있다.

1970년, 대통령 선거 때 살바도르 아옌데를 지지하며 선거운동에 열을 올렸고, 아옌데가 대통령에 당선되자 주불 대사로

인공 자연으로서의 시

임명되었다. 1971년, 노벨문학상을 받고 그해 주불 대사직을 사임, 귀국하여 산티아고 국립 운동장에서 대대적인 환영을 받았다.

그러나 1973년에 군사 쿠데타가 일어나 아옌데가 죽고, 그해 9월 23일, 파블로 네루다는 산티아고에서 세상을 떠났다. 그가 살았던 발파라이소의 집과 산티아고의 집이 샅샅이 파헤쳐지고 파괴되었다는 사실이 알려지자 세계는 깊은 충격을 받았다.

3

네루다는 자서전의 「어린 시절과 시」라는 대목에서 자신의 시의 원천에 대해 이야기하고 있다.

언젠가 테무코에 있는 우리 집 뒤뜰에서 내 세계의 작은 물건들과 작은 존재들을 살펴보다가 나는 담장 판자에 뚫린 구멍을 보게 되었다. 그 구멍으로 내다보니까 거기 우리 집 뒤에 있는 풍경과 같은 것, 방치되고 황량한 풍경이 있었다. 나는 몇 걸음 뒤로 물러섰는데, 왜냐하면 막연하게나마 무슨 일이 일어나려고 하고 있다는 걸 느꼈기 때문이다. 홀연히 어떤 손이 나타났다——내 나이 또래쯤 돼 보이는 작은 손이. 내가 다시 가까이 갔을 때, 그 손은 사라지고, 그 대신 거기엔 아주 근사한 흰 양이 하나 놓여 있었다.

그 양은 털이 바래서 모습을 찾기 힘들었다. 바퀴들은 떨어져 나가고 없었다. 그러한 사정이 그걸 더욱 진정한 것이게 했다. 나는 그렇게 근사한 양을 본 적이 없었다. 나는 그 구멍으로 다시 내다봤으나 그 아이는 사라지고 없었다. 나는 집으로 들어가서 내 보물을 가지고 나왔다: 벌어지고, 솔 냄새와 송진으로 가득 찬 솔방울인데, 내가 무척 좋아하는 것이었다. 그걸 아까 그 자리에다 갖다 놓고 나서 양을 가지고 왔다.

나는 그 손도 그 아이도 다시는 보지 못했다. 그리고 그와 같은 양도 다시 보지 못했다. 그 장난감을 나는 불이 나는 바람에 결국 잃어버리고 말았다. 거의 쉰 살이 다 된 1945년 지금까지도, 완구점 앞을 지날 때마다 나는 남몰래 진열장을 들여다보지만, 소용없는 노릇이다. 인제 그와 같은 양은 더 만들지 않는 것이다.

나는 운 좋은 사람이었다. 형제들 사이에서 느끼는 친밀감은 인생에서 아주 근사한 것이다. 우리가 사랑하는 사람들의 사랑을 느끼는 것은 우리의 삶을 기르는 불이다. 그러나 우리가 모르는 사람들로부터 오는 사랑을 느끼는 것, 우리에게 알려지지 않은 사람들, 우리의 잠과 고독을 지켜보고, 우리의 위험과 약함을 돌보는 그러한 사람들로부터 오는 사랑을 느끼는 건 한결 더 대단하고 더욱더 아름다운 것인데, 왜냐하면 그것은 우리 존재의 범위를 넓히고, 모든 살아 있는 것을 묶기 때문이다.

그 교환은 나로 하여금 처음으로 인류는 하나라는 귀중한 생각에 눈뜨게 했다. 한참 뒤에 나는 그런 체험을 다시 했는데, 이번에

인공 자연으로서의 시

는 걱정과 박해를 배경으로 해서 두드러지게 눈에 띄는 그러한 것이었다.

그러니 내가 인간의 형제애를 나누려고 무슨 수지질(樹脂質)의, 지구 비슷한, 그리고 향내 나는 걸 주려고 했다는 데 대해 당신은 놀라지 않을 것이다. 언젠가 내가 담장 옆에 솔방울을 남겨놓았듯이, 나는 내 말을 내가 잘 모르는 수많은 사람의 문 앞에, 감옥에 있는 사람들이나 쫓기는 사람 또는 외로운 사람들의 문 앞에 놓아왔던 것이다.

그것이 내가 나의 어린 시절에서, 외딴집의 뒤뜰에서 배운 커다란 교훈이다. 그것은 서로 모르고, 삶의 무슨 좋은 걸 상대방한테 건네주고 싶어 했던 두 아이의 놀이에 지나지 않았을지도 모른다. 그렇지만 이 작고 신비한 선물의 교환은 내 속 깊이, 불멸의 것으로 남아, 내 시에 빛을 던져주고 있는지도 모른다.

이 아름답고 신비한 사건에서 우리는 모든 위대한 영혼에게 있었던 운명적인 순간을 감지하면서 네루다 시의 비밀을 언뜻 보았다는 느낌이 들기도 한다.

가령 그가 노동자의 비참과 죽음을 노래할 때도, 「크리스토발 미란다」에서도 보듯이, 단순한 분노나 고발을 넘어 비록 자신은 그들과 같은 일을 하지 않고 그들과 같은 처지에 있지 않더라도, 그들의 고통에 동화하는 타고난 진정성—마음 됨됨이와 작품 됨됨이에서 아울러 오는 그 비상한 진정성이 치열하리

만큼 밀도 있는 것이어서 읽는 사람을 감동케 한다.

[1989]

인공 자연으로서의 시

큰 화육(化肉), 위대한 동화(同化)
─다시 네루다 읽기

> 네루다를 생각하면 자꾸 '대지'라는
> 말이 메아리처럼 울린다. 인간
> 대지요, 인간 자연이며, 인간 만물인
> 그는 문자 그대로 육체로 시를 쓴
> 사람이다.

　이 자리에서는 아무래도 나의 사십대 후반 이후의 행복인 파블로 네루다 시 이야기를 해야겠다.

　나는 그의 작품을 다 읽지 못했다. 워낙 작품이 많기도 하지만, 그의 영역판 시집을 모두 갖고 있지 못하니 그럴 수밖에 없었다. 그뿐만 아니라 가령 아주 초현실주의적인 초기 시집인 『지상의 거주』의 작품들은 후기 시와 달리, 인적미답의 정글을 헤쳐 가는 탐험가처럼 신기함과 놀라움 속에 독특한 이미지가 범람하는 암호의 정글을 헤쳐 나가야 하기 때문에 시간이 걸리게 마련이다.

　그리하여 그의 시선집에 몇 편씩 발췌, 소개되어 있는 그 작품들의 출처인 단독 시집들을 작년과 올해에 구한 것도 있고 해서, 나는 지금도 틈틈이 읽고 있는 중인데, 어떤 시인의 시 세계에 대한 이야기가 그의 작품 전부를 읽고 나서 해야 할 것이라면, 나는 네루다의 시에 대해 이야기할 준비가 덜 되어 있는 셈이다.

그러나 미국의 시인이며 번역가인 로버트 블라이라는 사람이 편역한 『네루다 시선』(원제는 '네루다와 바예호 시선'이다)을 읽고 좋아서 그걸 번역하여 '스무 편의 사랑의 시와 한 편의 절망의 노래'라는 제목의 책으로 내놓은 바도 있고, 위에서 얘기했듯이 다른 시집들도 계속 조금씩 읽고 있는 중이니 읽은 걸 바탕으로 그의 시 이야기를 해보려는 것이다.

네루다는 로르카와 더불어 동화의 명수이다. 사람한테는 다소간에 어떤 것에 동화하는 성향이 있게 마련이지만, 그것은 시인이라는 사람들한테 특히 두드러지는 성향의 하나가 아닌가 한다. 게다가 내 생각에 동화하는 능력은 시인의 위대성을 결정하는 아주 중요한 요소이며 그 점에서도 네루다의 위대성은 의심할 바 없다.

네루다에게 그 동화하는 힘이 자연을 향할 때 그는 어느덧 만물과 하나가 되고, 정치적으로 움직일 때는 자기 나름의 정치적 이상에 어긋나는 적들에 대한 분노와 비판 및 동지애로 나타나며, 또 그것이 사람을 향해 작용할 때는 괴테에 버금가는 연애와 우정으로 나타난다.

그의 촉수가 가서 닿지 않는 데가 없고 활화산에 비유되는

큰 화육(化肉), 위대한 동화(同化)

그의 폭발적 상상력의 동력에 의해 움직여지고 변신하며 소용
돌이치지 않는 대상은 없다. 땅과 물과 하늘 그리고 그 속에 있
는 온갖 유기물과 무기물—동물, 식물, 새, 광물 들로 그의 시
는 붐비고 또 인공물과 사람들과 역사적 사건들로 붐빈다. 그
의 시는 사랑과 싸움, 기쁨과 슬픔, 우정과 고독으로 붐빈다. 그
리고 그 온갖 것의 커다란 분류는 그의 타고난 동화력의 소산
이다.

그가 생명 현상들에 얼마나 민감하고 또 그것들의 움직임에
즉각적으로 동화하는지를 보기 위해, 그런 걸 보여주는 수많은
작품 중에서 「나와 함께 태어나는 것」이란 작품을 읽어본다.

　　나는 이 자유로운 순간 나와 함께

　　태어난 풀에 화창하고, 치즈의

　　발효, 초의 발효, 첫 정액의

　　분출의 비밀에 화창한다. 나는

　　마악 젖꼭지에 솟아오르는 백색

　　속에 나오고 있는 우유의 노래에 화창하고

　　외양간의 생산성에 화창하며,

　　커다란 암소들의 갓 눈 똥—그 냄새에서

　　수많은 푸른 날개가 날아 나오는 그

　　갓 눈 똥에 화창한다, 나는

　　지금 일어나고 있는 일에 대한 아무 변경 없이

꿀을 갖고 있는 뒝벌에 화답하고,

소리 없이 싹 트고 있는 지의류(地衣類)에 화답한다.

끊이지 않고 울리는

영속하는 북소리와도 같은

존재에서 존재로 이어지는 진행, 그리고 나는

그 태어나는 것들과 함께

태어나고 태어나고 또 태어난다. 나는

자라는 것들과 하나이며,

나를 둘러싼 모든 것들의 퍼져 나간 침묵과 하나이다──

짙은 습기 속에 군생(群生)하며 번식하는,

줄기들 속에, 호랑이들 속에, 젤리 속에 번식하는 것들의 미만

한 침묵과.

나는 다산성(多産性)에 속하며

생명들이 자라는 동안 나도 자랄 것이다.

나는 물의 젊음과 함께 젊고,

시간의 느림과 더불어 느리며,

나는 공기의 순수함과 함께 순수하고

밤의 포도주만큼 검다,

그리고 나는 정지하리라, 내가

광물이 된 나머지 보지도 듣지도 못하며,

태어나고 자라나는 것에 합류하지 못하게 될 때에만.

큰 화육(化肉), 위대한 동화(同化)

어떻게 존재하는지 알려고

내가 정글을 한 잎 한 잎

살폈을 때,

나는 내 과업을 계속하며

뿌리가 되는 걸 배웠고, 깊은 흙이

소리 없는 땅이, 투명한 밤이 되는 걸 알게 되었으며,

나아가서, 조금씩, 전(全)정글이 되는 걸 알게 되었다.

　　　　　　　　　　　　　　—「나와 함께 태어나는 것」 전문

　그럴진대, 독자 역시, 이 시인이 하는 대로 여기 등장하는 사물에 화창, 화답할 수밖에 없으며 또한 시인이 더불어 태어나는 것들과 함께 태어날 수밖에 없지 않은가!

　나는 가끔 "네루다는 사람도 아냐. 그냥 자연이야"라면서 농담처럼 얘기하곤 했는데, 네루다를 생각하면 자꾸 '대지'라는 말이 메아리처럼 울린다. 인간 대지요, 인간 자연이며, 인간 만물인 그는 문자 그대로 육체로 시를 쓴 사람인데, 내 눈에는 마치 땅이 그렇듯이 그의 몸의 지층 속에—타고난 체질과 거의 전 지구를 누비며 겪은 체험으로 형성된 그 몸의 지층 속에 갖은 광물과 생물과 화석이 붐비는 게 보인다. 검은 석탄층인가 하면 어느덧 보석들이 반짝이고, 석유인가 하면 용암이 부글거리고, 뽀송뽀송한가 하면 축축하게 젖어 있어 갖은 동식물의

화석이 스스로가 경이가 되어 숨을 쉬고 있다. 그것들은 몸의 지층 속에서 발효하고 곰삭아서 시인이 펜이라는 호미로 파기만 하면 시로 날아올라 천하를 가득 채운다. 다시 말해 네루다의 시는 육체의 어떤 한 부분에서 나온 게 아니라 대지처럼 깊고 두꺼운 몸의 지층—시간으로 말하자면 창세 이후 오늘날까지 걸쳐 있고 물과 바람과 햇빛과 별빛을 머금고 있으며 죽은 것들과 산 것들의 그림자와 침묵과 온갖 움직임으로 붐비는 그런 육체의 지층에서 분출한 것이다. 사람의 정신이나 육체를 나누고 가르고 따로 이름 붙이고 할 것도 없는 전인적 언어, 만물과 만사의 육화 또는 화육이 네루다의 육체요 시인 것이다.

아닌 게 아니라 지난여름 미국의 한 책방에서 그가 살던 집과 그 주인을 찍은 사진집*에서 본 파블로 네루다는 그런 시인답게 몸집도 얼굴도 아주 넉넉한 사람이었다.

그 사진집을 나는 남가주의 한 대학 구내 서점에서 발견했는데, 시인의 모습도 궁금했지만 그가 살던 집도 보고 싶어서 한 장 한 장 넘기며 사진과 인용된 시를 읽어보았다.

사진첩 속의 집은 그가 만년을 위해서 일찍이 사놓았던 이슬라 네그라 바닷가의 집이다(그는 집을 세 채 갖고 있었는데, 산티아고, 발파라이소 그리고 이슬라 네그라에 있었다).

그는 1950년대부터 1973년에 세상을 떠날 때까지 많은 작품

* Luis Poirot, *Pablo Neruda: Absence and Presence,* transl. by Alastair Reid, W. W. Norton & Co. Inc., 1990.

큰 화육(化肉), 위대한 동화(同化)

을 이 집에서 썼는데, 물론 외교관으로서 그리고 시인으로서 객지에 나가 있기도 했지만 귀국할 때는 항상 이 집으로 돌아와 살면서 작품을 썼다는 이야기이다.

이슬라 네그라의 삼월에, 나는 흰 물거품을 본다.
연달아 파도치고, 흰빛은 사그라들며
바다는 그 바닥없는 잔으로부터 넘쳐흐른다.
고요한 하늘에는
사제새들의 길고 느린 행렬이 지나가고,
그리고 황색으로 바뀐다.
달마다 색깔은 바뀌고, 가을
해변의 수염은 자란다,
그리고 나는 파블로라고 불린다,
지금까지 나는 한결같다,
나는 사랑이 있고, 의심을 가졌으며,
나는 빛이 있고,
나는 또 파도를 따라 움직이는
일꾼들이 있는 드넓은 바다를 갖고 있다,
나는 쉼 없이
아직 생기지 않은 나라들을 방문한다
나는 바다 위를 오가고 그 나라들을 오간다.
생선 가시의 언어를

나는 안다,

사나운 물고기의 이빨,

위도의 추위,

산호의 피, 고래의

밤의 침묵을,

만들과 견딜 수 없는 지역을 탐험하며

나는 땅에서 땅으로 다녔으니,

그리고 항상 나는 돌아왔고, 평화를 찾지 못했다.

내 뿌리 없이 나는 도대체 무슨 말을 할 수 있었겠는가?

그 뿌리가 바로(크게 보면 시인의 모국이요) 이슬라 네그라의 집이었던 것이다.

네루다가 어부한테 산 이 목조 이층집의 사진들은 그가 세상을 떠나고 9년 뒤에 루이 푸아로라는 사진작가가 찍은 것인데, 집의 허리쯤 닿아 있는 수평선 때문에 더 적막해 보이는 이 집의 두 쪽 문 가운데 한쪽이 열려 있는 첫 사진의 문으로 들어가면 그가 상당한 수집가였음을 알 수 있다.

인체 조각품들, 육분의 등 항해에 관련된 물건들, 속에 소형 선박이 들어 있는 술병처럼 보이는 병들──좁은 병목으로 그 돛 달린 배들을 어떻게 넣었는지 알 길이 없으나 네루다의 시에 의하면 목수들이 벌을 타고 날아 들어가고 파리들이 재료와 도구를 지고 날아 들어가서 그렇게 완벽한 배가 만들어졌

큰 화육(化肉), 위대한 동화(同化)

다는 것이다—사람들의 손때가 묻은 이국적인 조각품들, 여러 가지 모양의 병들, 쓰러져 있는 목제 말, 정원의 옛 기차 화통이 보이고, 햇빛이 환하게 비쳐 드는 서재에는 휘트먼, 랭보, 보들레르의 조그만 사진 액자가 통나무 책장 위에 놓여 있다.

그런 물건들은 물론 세계 여러 나라에서 가지고 온 것인데, 이 지구는 그런 물건들 때문에 아름답기도 하다. "이 행성은/아름다워라,/손들이/담배 피우며/감쌌던/파이프들로/가득하고,/열쇠들,/소금 그릇들/실은,/모든 게/인간의 손으로/만들어졌다/하나하나 모두,/구두의 굴곡/옷/피 없는/금의/재출현,/안경들,/카네이션,/비들,/시계들, 컴퍼스들,/동전들,/소파들의 부드러운/안락함".

그리고 '부재, 회상, 현존' 세 부분으로 나뉘어 있는 사진집의 마지막으로 가면 두툼하고 넉넉한 시인의 얼굴과 몸은 사라지고, 바다를 향해 놓여 있는 아주 작은 책상—편지 따개와 가위와 종이 같은 것들이 놓여 있는 먼지 앉은 책상이 있다. 그리고 다음과 같은 짧은 글이 인용되어 있다.

자, 이게 내 시가 당신한테 주어야 했던 모든 것의 끝이다—당신을 위해, 오늘을 위해, 오늘 저녁을 위해, 오늘 밤을 위해—그리고 나는 그걸 내일을 위해 당신한테 남겨놓는다. 나는 그게 당신을 생각에 잠기게 할 것인지 어쩔 것인지 모른다. 이 내 두서없는 시가. 그건 흙과 비와 과일을 주워 모았다. 흙, 비, 과일, 투쟁, 희망

—나는 그것들을 당신에게 남긴다, 그것들은 당신 것이다. 이제 나는 간다——내일도 언제까지나 친구여, 동지여.

네루다의 자서전을 보면(그렇게 재미있고 신나며 감동적인 회고록을 나는 본 일이 없지만) 어린 시절의 그에게 일어난 일들 및 청년 시절과 중년 시절을 거치는 동안 그가 겪은 일들에서는 문자 그대로 운명의 냄새가 진하게 나는 나머지, 한 위대한 시인을 만들기 위해서 천지신명이 힘을 합했다는 느낌을 지울 수 없다.

그가 시를 빵에 비유하면서 모든 사람이 나누어야 한다고 말했듯이 그의 시는 우리가 매일 먹는 밥처럼 그리고 물과 공기처럼 먹고 마시고 숨 쉬는 게 될 것이다. 만물과 더불어, 만사와 더불어, 이거야말로 시이니까.

[1994]

큰 화육(化肉), 위대한 동화(同化)